Cahiers Spiritual'été

L'astrologie

CAROLINE MOYE

ALLIANCE MAGIQUE ÉDITIONS

Éditions Alliance Magique

10, rue de Vidailhan
31130 Balma
FRANCE

https ://www.alliance-magique.com

Retrouvez-nous sur les réseaux sociaux

Facebook @Alliance.Magique
Twitter @AllianceMagique
Instagram @alliancemagique

Crédits :

Direction éditoriale : Arnaud Thuly
Sous la direction de : Laura Garuet-Lempirou
Création graphique : Anaïs Cousinou
Mise en page : Alexis Baldassari
Correction : Sandrine Pennard, Servane Keriguy et Clara Soupart
Illustrations couverture : Stéphanie Gras ; iStock/rungrote ; iStock/Anna_zabella

Un label du groupe Alliance Magique
ISBN : 978-2-36736-075-1
Dépôt légal : 2e trimestre 2021

Sommaire

Introduction

Les pieds dans le sable, la tête tournée vers les étoiles, préparez-vous au voyage dans ce langage sacré qu'est l'**astrologie**. Il peut apparaître complexe, réservé à quelques initiés ou encore à ceux qui sont bons en mathématiques...

Rien de tel, l'astrologie est un langage symbolique de corrélations et de correspondances, il nous invite à devenir des interprètes du ciel pour se connecter aux astres.

Vénus, Mars, Jupiter, la Lune, la constellation d'Orion nous font rêver les soirs d'été, nos yeux se perdent dans l'immensité de la **voûte céleste,** et pourtant, ils ne sont qu'un reflet de notre intériorité. Chaque planète représente un personnage de notre théâtre intérieur. Le but de ce cahier est de rendre l'astrologie familière ; qu'à la nuit tombée, après chaque leçon étudiée en journée, se crée cette proximité avec le cosmos.

Il me semble que c'est là la magie de l'astrologie. En dépassant le débat autour de son statut de science ou pseudo-science, elle nous reconnecte avec un langage symbolique, celui de notre âme. Elle ne vient pas seulement prédire, elle entre en résonance avec nos ressentis, nos intuitions. Elle donne du sens là où parfois nous sommes dépassés par ce qui nous traverse. Elle nous rappelle que nous sommes des poussières d'étoiles, connectées à l'infini.

J'ai choisi d'évoquer les planètes comme des personnages d'un conte dont vous seriez le héros ou l'héroïne. Telles les planètes qui orbitent autour du Soleil, nous sommes aussi les chefs d'orchestre de notre univers intérieur. Le défi que nous rencontrons est que nous ne connaissons pas forcément bien l'orbite de chaque planète et que parfois des collisions sont nécessaires pour nous faire évoluer.

C'est un langage sérieux, sacré, profond, mais ne le prenez pas trop au sérieux, jouez avec les planètes, amusez-vous à regarder les **thèmes** de vos compagnons de vacances, pour rire de soi, de ce grand mystère qu'est la vie.

C'est un prisme pour regarder le réel, mais ce n'est pas une vérité absolue, jamais votre carte du ciel ne devrait prendre le pouvoir sur votre ressenti profond et sur votre connexion à la présence de l'être.

Un conseil : acceptez de ne pas forcément tout comprendre. Il y a un moment où vous avez le déclic. L'apprentissage a son propre processus organique. Il est possible qu'une description ne soit pas totalement en accord avec ce que vous ressentez de vous-même. Cela s'explique car votre thème de naissance est une totalité organique. Afin de l'appréhender, nous devons en extraire les éléments pour comprendre leurs essences.

La magie vient ensuite du tissage de toutes ces données, c'est un art qui ne requiert pas seulement d'avoir bien étudié vos leçons mais d'avoir développé un lien intime avec le ciel.

Chapitre 1

Le mandala du zodiaque

Notre **carte de naissance** est une photographie de la position des planètes au moment de notre naissance, notre empreinte cosmique. Elle vient nous situer dans notre rapport à la terre (Maisons), au système solaire (planètes) et dans la relation de la terre par rapport au soleil (les signes). Elle nous rappelle notre essence céleste, que nous sommes tous porteurs d'une parcelle de poussière d'étoiles et que notre **thème de naissance** peut être une boussole pour nous aider à activer le potentiel cosmique que nous portons en nous pour prendre place dans la grande symphonie céleste.

Les bases du langage astrologique que nous verrons au fil de leçons sont les signes, les planètes, les Maisons ainsi que les aspects. Tous ces éléments sont situés au sein de notre carte de naissance. Pour déchiffrer ce grand mystère céleste, il nous faut apprendre la grammaire astrologique. Les planètes sont les noms, les signes les adjectifs qualificatifs, les Maisons les verbes, là où se situent l'action et le décor. Les aspects viennent animer l'ensemble et raconter une histoire : comment s'entend la muse amoureuse Vénus avec son chevalier servant Mars. Leurs signes leur permettent de trouver un terrain d'entente et d'agir en unisson sur les désirs exprimés par Vénus. Lorsqu'on regarde le graphique de notre thème de naissance, on voit que se dessinent deux grandes lignes de force, une horizontale et l'autre verticale. Ce sont en quelque sorte les points cardinaux de notre empreinte céleste.

Le thème s'ouvre à l'est tout comme le Soleil. **L'Ascendant** (début de la première Maison) représente dans le thème natal l'horizon Est au moment de la naissance. Il dessine une ligne horizontale qui le connecte au Descendant. Elle est appelée la ligne d'horizon. Elle représente le lieu où le ciel rencontre la Terre au moment de la naissance.

L'Ascendant représente le point d'ancrage dans notre vie. Il est le lieu de notre naissance, le lieu aussi de la persona de ce que nous montrons aux autres. Les qualités du signe de l'Ascendant nous renseigneront sur ces qualités essentielles de notre être. Un des grands défis de l'Ascendant est de baisser les masques pour naître au Soi, il est donc le lieu de plusieurs naissances.

1 - Le mandala du zodiaque

N. B. : souvent les planètes qui transitent sur l'Ascendant marquent un tournant dans la vie de la personne, comme si la graine de naissance s'enrichissait d'une nouvelle information pour continuer sa traversée du zodiaque. Le Descendant est donc du signe opposé à l'Ascendant et marque souvent l'union amoureuse ou professionnelle, la relation à autre. Le Descendant représente la conscience que l'on a des autres.

La ligne verticale trace un chemin de nos racines vers nos cimes. Le point le plus haut du Cercle correspond au Soleil de midi à son apogée, il est appelé le **Milieu du Ciel**. Il décrit le point d'intersection vers le haut entre le méridien local et l'écliptique (qui est le cercle des signes servant de cercle-photo à l'instant pour lequel le thème astral est dressé). Il représente l'entrée de la Maison X (dans le jargon astrologique, on parle de cuspide pour signaler le degré d'entrée dans une Maison), symbole de notre position dans le monde, de notre action extérieure, de la façon dont d'une manière responsable nous contribuons aux structures.

Lui fait face le Fond du Ciel aussi appelé Imum Coeli. Il marque la cuspide de la Maison IV traditionnellement associée à la famille, au foyer, à nos racines, nos ancêtres. Elle décrit notre besoin de sécurité, d'ancrage, d'appartenance. C'est le lieu du poids familial de ce que l'on porte et qui ne nous appartient pas vraiment, notre héritage. C'est aussi le lieu de l'intime, l'intime du foyer mais l'intime en nous, là où nous connectons avec nos talents et dons innés, notre pouvoir intérieur. Là où le « je » de l'Ascendant prend pleinement conscience de sa force intérieure. Le Fond du Ciel est aussi parfois associé au père.

Exercices et jeux

Après une leçon un peu technique, il est temps de descendre toutes ces informations mentales par la création de votre propre **roue du zodiaque**. Armez-vous de vos crayons préférés, ressortez ou piquez à vos enfants équerre et compas.

Créez votre mandala du zodiaque, en dessinant un cercle, que vous diviserez en quatre.

Inscrivez là où se trouve : l'Ascendant, le Descendant, le Milieu du Ciel et le Fond Du Ciel.

Je vous propose ensuite deux options :

1/ Créer un zodiaque vierge qui vous servira de point d'expérimentation pour comprendre la logique inhérente à l'astrologie.

Par exemple, une fois mentionnés les quatre points cardinaux de base, vous pouvez, au fil des séances, inscrire par exemple les douze signes avec les qualités principales que vous retenez de chacun. Coloriez les signes selon leurs éléments.

2/ Pour ceux qui veulent aller plus loin, vous pouvez éditer votre carte de naissance via le logiciel Astrodienst en sélectionnant le système Placidus et Tropical, et dessiner votre propre thème en vous aidant du logiciel. Parfois, le fait de dessiner notre thème nous permet de nous imprégner différemment de la logique sous jacente à l'organisation zodiacale.

Pour vous aider, voici les glyphes des signes et des planètes, ainsi que des aspects que nous allons découvrir au cours de cette initiation astrologique.

♈ Bélier	♉ Taureau	♊ Gémeaux
♋ Cancer	♌ Lion	♍ Vierge
♎ Balance	♏ Scorpion	♐ Sagittaire
♑ Capricorne	♒ Verseau	♓ Poissons

☽ Lune	☿ Mercure	♀ Vénus
☉ Soleil	♂ Mars	⚴ Pallas
⚵ Junon	⚶ Vesta	⚳ Cérès
♃ Jupiter	⚷ Chiron	♄ Saturne
♅ Uranus	♇ Pluton	♆ Neptune

☌ Conjonction	⚺ Demi-sextile	∠ Demi-carré
⚹ Sextile	Q Quintile	□ Carré
△ Trigone	⚼ Sesqui-carré	bQ Bi-quintile
⚻ Quinconce	☍ Opposition	

1 - Le mandala du zodiaque

Mots croisés des notions clés

HORIZONTAL

3 Système de découpage des maisons le plus utilisé.

6 Douze petits animaux.

9 Point ouest de notre thème de naissance, relation à autrui.

10 Point le plus haut du Soleil lors de notre naissance.

VERTICAL

1 Point est de la Carte du Ciel.

2 Personnages de notre thème de naissance, noms.

4 Fond du Ciel.

5 Qualité d'énergie, adjectif qualificatif.

7 Angles qui relient les planètes.

8 Champ d'expérience du thème de naissance.

Chapitre 2

Les signes du zodiaque : les qualités d'énergie

Les premières composantes de l'interprétation, et peut-être les plus connues, sont les signes du zodiaque. On connaît en réalité son **signe solaire**, « je suis Verseau » signifie « mon Soleil est en Verseau ». Les signes représentent les douze qualités d'énergie dont nous disposons pour nous exprimer. Les signes sont souvent appréhendés au travers de leurs éléments et de leurs modalités, qui selon Gahl Edon Sasson représente *« the root power »*, la racine de pouvoir du signe. La répartition des signes par éléments se fond sur la sagesse alchimique qui reposait sur ces quatre éléments comme étant la base de toute vie. **L'élément** représente la motivation du signe.

Bélier, Lion et Sagittaire sont des signes de Feu, représentant l'action, la créativité.

Taureau, Vierge et Capricorne sont des signes de Terre, représentant le monde de la substance, du sens pratique et de la manifestation.

Gémeaux, Balance et Verseau sont des signes d'Air, représentant le monde de l'intellect, des relations et de la vision.

Cancer, Scorpion et Poissons sont des signes d'Eau, représentant le monde émotionnel et les différents niveaux d'inconscients.

Les **modalités** indiquent la manière dont les signes vont utiliser leurs énergies. Il existe trois modalités :

- cardinal : ce sont les signes qui dessinent la grande croix du zodiaque. Ils rythment le changement de saison (Bélier, Cancer, Balance, Capricorne). Ils initient l'énergie. Ils donnent une direction nouvelle.
- fixe : ils correspondent au milieu des saisons et viennent enraciner ce qui a été initié dans le signe du zodiaque précédent (Taureau, Lion, Scorpion, Verseau).
- mutable : ils représentent la fin des saisons et évoquent le pouvoir du changement et de l'adaptabilité.

Les signes ont des degrés de signification et d'initiation, qui peuvent aller de l'interprétation la plus basique que l'on retrouve dans les horoscopes communs (Taureau = argent ; Lion = amour) jusqu'à un niveau d'une profondeur alchimique et spirituelle. Enfin, même si pour des raisons d'apprentissage, nous séparons les signes, il faut ensuite les inscrire dans la grande symphonie du zodiaque. Chaque signe, comme l'exprime Luc Bigé, fuit le précédent en gardant cependant son essence. Le Taureau fuit l'impulsivité du Bélier et vient consolider la graine insufflée par ce dernier. Ils sont aussi à appréhender dans leurs polarités, chaque signe étant complémentaire du signe qui lui fait face dans le zodiaque.

2 - Les signes du zodiaque : les qualités d'énergie

En astrologie moderne, les signes représentent les douze besoins psychologiques universels.

Le Bélier – le besoin d'être indépendant et de connaissance de Soi.

Le Taureau – le besoin de générer des ressources et d'être productif.

Les Gémeaux – le besoin de communiquer et d'établir des relations.

Le Cancer – le besoin de recevoir et de donner une sécurité émotionnelle.

Le Lion – le besoin de s'exprimer et d'être apprécié des autres.

La Vierge – le besoin d'analyser, de discriminer et la fonction d'efficacité.

La Balance – le besoin d'être en relation avec les autres et de créer des relations d'harmonie.

Le Scorpion – le besoin de profondeur et d'intenses transformations.

Le Sagittaire – le besoin d'explorer et d'expansion du mental et des horizons.

Le Capricorne – le besoin de structure, d'organisation et de discipline.

Le Verseau – le besoin d'innovation, d'être original et de créer du changement social.

Les Poissons – le besoin de s'engager vers un rêve ou un idéal.

Les éléments de chaque signe

Dessinez votre propre roue du zodiaque ou utilisez celle que vous avez déjà dessiné dans la leçon sur l'organisation du zodiaque, en commençant par le Bélier, et rajoutez dans les douze Maisons suivantes les autres signes.

Inscrivez la modalité, l'élément, la qualité positive ou féminine, puis les principales qualités que vous avez retenues de chaque signe.

Coloriez les signes de même élément en couleurs similaires.

Petit plus pour les astrogeeks : sur le même graphique, commencez à jouer avec les angles qui existent entre les signes.

Observez : entre quels signes se forment des triangles, des carrés ?

....

....

....

Couples opposés

L'idée est de présenter ici les signes en prenant en compte les complémentarités, c'est-à-dire que les signes souvent s'équilibrent, et il est nécessaire d'intégrer l'expérience proposée par le signe en face pour vivre le signe par exemple solaire, lunaire ou de l'Ascendant avec plus d'équilibre.

En vous basant sur la leçon, associez les signes en axe de polarité.

Exemple : Axe 1 – Moi & les autres

Le Bélier représente le feu premier, l'impulsion de vie qui nous fait dire « je suis » et nous donne cette force d'ouvrir des portes, de semer les premières graines. L'impulsion de Mars, du désir masculin, vient rencontrer le signe de la Balance qui, régie par Vénus, exprime la sensibilité à l'harmonie des formes et des proportions. La Balance souhaite la paix, que les choses soient justes et se place souvent en médiateur ou intermédiaire lors d'un conflit.

Cet axe de vie nous rappelle de trouver la plume de l'équilibre pour que la balance soit juste entre le temps que nous nous donnons, l'expression d'un désir propre et individuel et ce que nous donnons à autrui en temps, en conciliation.

Axe 2 – Ressources préservées & partagées

....

....

....

2 - Les signes du zodiaque : les qualités d'énergie

Axe 3 – Axe de la cognition : apprentissage et synthèse

....

....

....

Axe 4 – Axe des cimes et des racines

....

....

....

Axe 5 – L'expression de sa singularité et l'engagement collectif

....

....

....

Axe 6 – Vie extérieure et vie intérieure

....

....

....

Chapitre 3

Les signes du zodiaque : la quête alchimique des signes

Le niveau initiatique des signes est une leçon pour dépasser les signes selon leurs qualités et leurs défauts, et plonger dans les mystères initiatiques des signes.

Le Bélier et les mystères du feu

Le Bélier est le signe de l'action et des nouveaux départs. Tel le phénix, ce signe de feu ne cesse de se réinventer et de renaître. Il ne cesse de ressentir ce besoin d'expérimenter les choses par lui-même, quitte à avancer tête baissée et à surmonter tous les obstacles.

Le Taureau et la beauté de la forme

La lumière du Taureau révèle la beauté dans la forme. Faire vibrer et sublimer la matière est l'initiation profonde du Taureau : mettre du sacré dans chacun de ses actes et de ses plaisirs (nourriture en conscience, sexualité).

Les Gémeaux et le mystère de l'oracle

Un aventurier du mouvement, souvent sujet à la dualité. Son expérience ultime est de trouver l'unité en lui, avec autrui et dans la multiplicité, trouver l'unique dans l'infini, voir la beauté de sa toile tissée, la beauté de chaque fil malgré leur différence. Il doit dans son initiation profonde s'ouvrir à cette dimension de canal.

Le Cancer et le mystère du temple

La quête du Cancer se traduit par la création d'une forme sensible et nourricière. L'initiation du Cancer est de trouver la porte du temple en soi, de sentir profondément que son corps est sa maison, le temple de son esprit.

Le Lion et le mystère du Graal

Tel un chevalier de la Table ronde, le natif du Lion semble partir en quête de lui-même et, pour cela, il cherche souvent à briller, à être écouté, à trouver sa place, comme en quelque sorte pour laisser une trace immortelle de son passage mortel, laisser une trace de son char porteur de la lumière divine.

La Vierge et le mystère de l'infiniment petit

Le natif de la Vierge va trouver son unicité en partant du petit grain de sable qu'il a conscience d'être. C'est grâce à cette attention continue, à cette purification du petit que la Vierge prend conscience de sa grandeur, de l'infiniment grand.

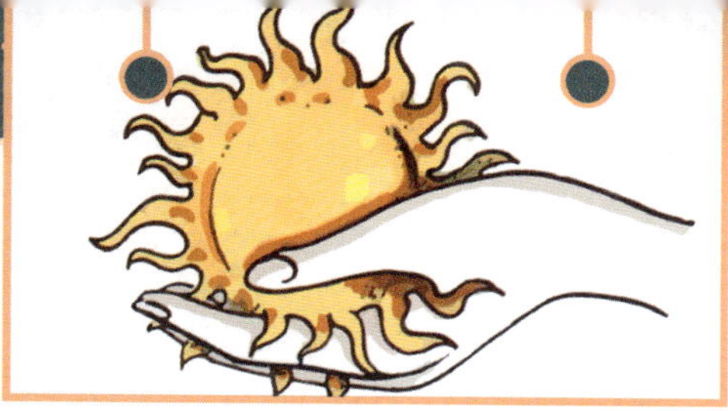

3 - Les signes du zodiaque : la quête alchimique des signes

La Balance et le mystère de l'élégance

La Balance est en recherche constante de l'équilibre et du beau en toute chose. Elle finit cependant par ne plus seulement se satisfaire de la beauté extérieure pour se tourner vers la recherche et la culture d'une beauté intérieure pleine de sagesse.

Le Scorpion et le mystère de l'alchimiste

La quête du Scorpion est d'accepter de faire l'expérience de la descente dans l'obscurité de la nuit, symbole de ces profondeurs inconscientes mais aussi de ces zones d'ombres. Tel un alchimiste le Scorpion transforme la boue en or. Il doit parfois dans son voyage braver la mort, combattre le dragon, ses démons intérieurs.

Le Sagittaire et le mystère du silence

Le Sagittaire est parfois appelé le signe du silence, car il est en quête de vérité, et c'est dans un certain silence intérieur (tels les initiés des écoles anciennes des mystères qui devaient rester en retraite en silence pendant de longs mois pour accéder à un enseignement) que lui sera révélé une sagesse, une vérité.

Le Capricorne et le mystère de l'essentialisation

C'est le signe qui aspire à l'ascension, il est le portail du divin. Il nous ouvre sur une autre dimension. N'oublions pas cela lorsque nous nous efforçons de gravir les échelons, lorsque nous endossons avec responsabilité, rigueur, autorité une tâche matérielle : ce n'est peut-être que le chemin, un chemin qui n'a pas que pour but de nous ouvrir sur la puissance matérielle ; il est un tremplin vers le ciel... Même si le Capricorne semble souvent s'identifier à la forme, à la matière, il a aussi une dimension initiatique qui l'appelle à évoluer, à se détacher peu à peu du monde de la forme.

Le Verseau et le mystère de l'universel

Avec le Verseau, la quête est de trouver l'universel en affirmant son individualité, en osant exprimer nos dons qui nous singularisent. Souvent, il semblerait que le Verseau soit rebelle, soit en décalage par rapport aux valeurs normatives de la société.

Les Poissons et le mystère des mystères

Le signe des Poissons a une délicate mission, celle de mettre son individualité au service de sa connexion avec l'invisible, comme pour rappeler au monde que notre sensibilité nous permet de tisser des liens avec d'autres sphères, d'y puiser une inspiration artistique ou une connexion spirituelle.

Associer les mythes aux signes correspondants

1. Mythe de Narcisse : ....
2. Mythe d'Orphée : ....
3. Mythe de Jason & la Toison d'or : ....
4. Mythe de Faust : ....
5. Mythe de la Grande Déesse : ....
6. Mythe de Protée : ....
7. Légende des chevaliers de la Table ronde : ....
8. Mythe de Déméter et Perséphone : ....
9. Mythe d'Ulysse : ....
10. Mythe de Prométhée : ....
11. Mythe du Vieux Sage : ....
12. Mythe des Jumeaux divins : Cain & Abel, Castor & Pollux, Romulus & Rémus : ....

Personnages célèbres

En lien avec les caractéristiques des signes, tentez d'associer ces personnages célèbres à leurs signes solaires.

Une citation célèbre de leur fait y est associée.

Audrey Hepburn : « L'élégance est la seule beauté qui ne se fane jamais. »

Madonna : « Je voulais être célèbre. Je voulais que tout le monde m'aime. Je voulais être une star. J'ai travaillé très dur et mon rêve est devenu réalité. »

Gandhi : « La non-violence est le summum du courage. »

Frida Kahlo : « Il faut que le tableau vous regarde autant que vous le regardez. On oublie souvent de rappeler qu'il y a, de surcroît, dans l'histoire de la peinture, peu de portraitistes. De vrais, il s'entend. De gens qui, peignant un visage, vous montrent violemment ce qu'il y a derrière. »

Mark Twain : « Ils ne savaient pas que c'était impossible alors ils l'ont fait. »

Oprah Winfrey : « Le leadership concerne l'empathie. Il s'agit d'avoir la capacité d'être en relation et de se connecter avec les gens dans le but d'inspirer et d'autonomiser leur vie. »

Tolkien : « Un anneau pour les gouverner tous, un anneau pour les trouver, un anneau pour les amener tous et dans les ténèbres les lier. »

3 - Les signes du zodiaque : la quête alchimique des signes

Mots croisés

Retrouvez les signes correspondant à chaque énergie.

HORIZONTAL

4 Énergie de terre, manifestation des ambitions professionnelles.

7 Énergie de feu, expression de la créativité.

9 Énergie de feu, expansion des horizons et des croyances.

11 Énergie d'air, stimulation de nouvelles idées.

12 Énergie d'air, création d'une communauté aux idées innovantes.

VERTICAL

1 Énergie de feu, impulsion d'un projet nouveau.

2 Énergie de terre, manifestation et génération des ressources.

4 Énergie d'eau, exploration de la sexualité.

5 Énergie de terre, hygiène de vie holistique.

6 Champ d'expérience du thème de naissance.

8 Énergie d'air, co-création de relations harmonieuses.

10 Énergie d'eau, création d'un foyer protecteur.

Chapitre 4

Les Maisons : le théâtre intérieur

Entrer dans le terrain de jeu des douze **Maisons astrologiques**, c'est tout simplement segmenter douze champs de l'expérience humaine. Chaque Maison vient nous parler d'une quête, d'un territoire que nous devons conquérir. Elles représentent à la fois les champs d'action, le théâtre des événements de nos vies, mais aussi l'envers des décors, ce qui se passe en coulisse. Une fois le rideau rouge baissé, elles vont nous permettre de comprendre que ce qui s'est joué sur scène est aussi le reflet des dynamiques profondes qui nous habitent.

Les Maisons de l'individuation : de la Maison I à la Maison VI

Maison I et Ascendant : Maison de la Vie, Maison de la Personnalité, l'horoscope.

Cette maison va nous inviter à prendre conscience de ce que nous sommes, la manière dont nous utilisons l'espace, comment nous respirons et avançons dans le monde.

Maison II : Maison de l'argent et des possessions, richesse et substance, Porte d'Hadès.

Malgré son nom traditionnel effrayant, le diable n'en est pas le directeur mais nous entrons dans le champ d'expérience qui enchaîne bien des personnes : celui de l'argent et de la richesse et les plaisirs sensuels. C'est la Maison de la substance, de notre sentiment de valeurs et de nos dons.

Maison III : Maison de la communication, de la fratrie, Maison de la Déesse. Nous entrons ici dans le royaume des mots, des idées, des discussions sans fin pas forcément d'une profondeur intellectuelle toujours exemplaire. Elle représente aussi nos premières expériences de sociabilité. Au niveau initiatique, c'est le temple de la Déesse, la Maison de l'oracle, lorsque notre parole se fait conductrice de la pure présence.

Maison IV : Maison du foyer et de la famille, Maison des parents. Nous rentrons dans l'intimité du foyer dans lequel nous avons grandi, les scènes de l'enfance avec leurs odeurs, leurs décors, les aïeux et comment celui-ci impacte notre sentiment de sécurité et d'appartenance. Au niveau initiatique, c'est laMaison du temple, de l'espace sacré.

Maison V : Maison des enfants, la Maison des plaisirs, de la bonne fortune. Bienvenue dans la légèreté de l'expression de soi, de la spontanéité d'être et de l'innocence de l'enfant. Cette Maison est le théâtre de nos vies où nous exprimons notre créativité, où nous sommes en quête de loisirs, d'art et de jeux.

Maison VI : Maison des servants, Maison de la maladie, mauvaise fortune. Ici, on ne joue plus, on organise, on planifie, on classifie. Elle nous demande en effet de nous occuper de notre quotidien, de nos habitudes et de notre

hygiène de vie. Et si ce n'était pas suffisant, elle nous parle aussi de notre relation hiérarchique puisque traditionnellement c'était la Maison du rapport maître/esclave ou domestique.

De la Maison VII à la Maison XII

Maison VII : Maison des associations, Maison du mariage et des ennemis. Dans cette Maison, le théâtre devient l'autre, « je est un autre ». Dans un premier temps on se décentre, on vit les personnages (planètes) présents dans ce champ d'expérience au travers de nos rencontres. L'autre devient ce puissant miroir de nos projections, de nos amours et de nos haines (Maison des ennemis). Et pourtant la quête de la Maison VII est de voir que l'autre c'est moi.

Maison VIII : Maison de la mort. Nous pénétrons dans le terrain occulte des aspects les plus enfouis de notre psyché, les sujets les plus tabous de notre société : la mort, la sexualité, les désirs intenses. De ce champ d'expérience, nous ne sortons plus le même, cette Maison exige une transformation profonde que ce soit au travers d'une relation intime intense, de l'étude approfondie des mystères occultes, de la confrontation à la mort.

Maison IX : Maison des longs voyages, de la religion, Maison de Dieu. Ici l'énergie se libère et les ailes se déploient. Elle nous invite à partir en quête des significations les plus profondes de l'existence. C'est aussi la Maison qui décrit notre lien avec l'enseignement supérieur, les religions, la philosophie.

Maison X : Maison de la carrière, Maison de la profession. Dans cette Maison, nous partons à la conquête de notre identité sociale et professionnelle. Au-delà, elle évoque comment ce travail s'inscrit dans une perspective plus large de contribuer à l'évolution des structures de la société.

Maison XI : Maison des amis, Maison du bon esprit. Dans cette Maison, nous trouvons notre tribu, nous nous rassemblons entre personnes différentes : iconoclastes, idéalistes, marginaux, visionnaires, rebelles. Tous ensemble nous rêvons d'une humanité meilleure, nous forgeons nos rêves.

Maison XII : Maison des ennemis, des ennuis, de la solitude, des épreuves cachées, des secrets. Dernière Maison, la plus insaisissable, la décrire est déjà prendre le risque de la voir se dérober sous nos pieds. Elle nous met face aux mystères de l'existence, de la souffrance, de la vie et de la mort, de la gestation intra-utérine et de sa vie propre. Elle nous parle de notre besoin de nous sentir connectés dans une dimension verticale à la vie, au cosmos.

Mots-clés pêle-mêle

Associez les mots-clés aux Maisons correspondantes. Une fois les mots trouvés, dessinez votre roue du zodiaque et divisez-la en douze secteurs d'expériences. Inscrivez les mots-clés correspondant à chaque Maison. Cette roue peut vous servir de support dans l'approfondissement de votre apprentissage du langage astrologique.

vitalité • persona • siège du pneuma • argent • estime • possessions • talents artistiques • plaisir • communication • écriture • voisins • fratrie • famille • héritage • temple • racines • enfants • créativité • romance • hygiène de vie • rituels • service • partenaires • contrats • mariage • divorce • relations intimes • amour • compréhension profonde • héritage • sexe • union • amour • morts • secrets • mystères • ésotérisme • religion • philosophie • voyages • métaphysiques • liberté • nouvelles idées • profession • carrière • vocation • autorité • réputation • lois • code moral • ambition • statut social • amis • idéaux • militantisme • communauté • idées démocratiques • cercles sociaux • activité sociale • espoirs • buts • groupes • inconscient collectif • rêves • spiritualité • transcendance • prisons • asiles • art • isolation • retraite

A	E	I	V	E	D	E	N	E	I	G	Y	H	L	I	B	E	R	T	E
P	O	P	K	W	W	L	O	G	L	A	R	O	M	E	D	O	C	V	X
P	J	O	L	E	F	C	C	E	T	I	V	I	T	A	E	R	C	X	F
F	M	S	V	J	N	A	E	T	I	R	O	T	U	A	I	Q	A	O	A
N	Y	S	K	E	H	E	M	S	I	T	N	A	T	I	L	I	M	Q	M
S	E	E	D	I	S	E	L	L	E	V	U	O	N	S	M	E	U	N	I
A	G	S	J	P	C	U	O	I	D	E	A	U	X	L	N	F	E	O	L
M	Y	S	E	L	O	V	W	V	S	S	B	S	X	O	O	R	N	I	L
B	P	I	C	A	M	O	F	F	E	O	C	E	H	I	I	A	P	G	E
I	H	O	A	I	M	Y	C	V	R	T	R	U	T	S	T	T	U	I	P
T	I	N	R	C	U	A	T	I	I	E	E	Q	Q	N	A	R	D	L	R
I	L	S	T	O	N	G	H	T	A	R	P	I	S	O	C	I	E	E	O
O	O	P	I	S	A	E	E	A	N	I	U	S	E	I	I	E	G	R	F
N	S	E	S	T	U	S	R	L	E	S	T	Y	R	T	N	R	E	A	E
U	O	R	T	U	T	B	I	I	T	M	A	H	E	A	U	E	I	R	S
N	P	S	I	T	E	D	T	T	R	E	T	P	T	C	M	I	S	G	S
I	H	O	Q	A	A	A	A	E	A	L	I	A	S	O	M	R	T	E	I
O	I	N	U	T	U	R	G	I	P	C	O	T	Y	V	O	R	Q	N	O
N	E	A	E	S	T	N	E	L	A	T	N	E	M	R	C	A	V	T	N
G	C	H	S	H	S	N	I	S	I	O	V	M	P	C	V	C	F	M	S

Astrogeeks : niveau plus avancé

Prenez votre thème de naissance, observez quels signes et quelles planètes sont présents dans chacune des Maisons. Répondez à ces questions sur certaines Maisons sélectionnées. Vous pouvez aussi faire le même exercice pour l'ensemble des planètes. J'ai ici sélectionné les champs d'expériences les plus faciles à identifier.

Précision : la cuspide est la pointe, le commencement d'une maison, ou secteur.

Maison II : mon lien à l'argent et à l'estime de moi

Quel est le signe de la cuspide de cette Maison ? De quelle manière vient-il d'écrire l'accès aux ressources dont je dispose ?..........

Le signe de cette Maison vient aussi mettre en lumière l'estime de nous-mêmes, quelles sont les valeurs importantes pour nous ?..........

Exemple : si le signe est le Taureau à l'entrée de la Maison II, il est fort probable que les valeurs liées à l'argent, à la nature, à la sensualité soient importantes dans ma vie.

Est-ce que des planètes sont présentes dans cette Maison (à reprendre après l'ensemble des leçons sur les planètes) ? Comment l'archétype décrit par cette planète vient me renseigner sur l'activité que je pourrais mettre en place pour renforcer l'estime de moi-même et la génération de mes ressources ?..........

Exemple : si Uranus est présent dans la Maison , je peux avoir accès à mes ressources et à mon abondance au travers de mon originalité, je ne dois pas avoir peur de chercher des solutions créatives pour générer de l'argent.

Maison IV : mon foyer, mon temple intérieur

Quel est le signe de la cuspide de cette Maison ? De quelle manière vient-il décrire l'atmosphère de mon enfance ? Mes expériences familiales ?..........

Le signe de cette Maison va aussi évoquer notre sécurité émotionnelle. Dans quelle mesure il me renseigne sur le type d'énergie dont j'ai besoin pour me sentir à l'aise dans mes racines, ancré dans ma vie ?..........

Est-ce que des planètes sont présentes dans cette Maison ? Quels archétypes ou personnages mettent- elles en scène dans mon enfance, dans le lien à mon foyer ?..........

Maison VII : mes relations

Quel est le signe de la cuspide de cette Maison ? Dans quelle mesure me renseigne-t-il sur la qualité d'énergie de mes partenaires privilégiés ?..........

Est-ce que je peux observer dans ma vie que j'ai tendance à justement projeter ce type d'énergie sur mon conjoint ou des personnes proches ?..........

Chapitre 5

Comprendre nos mécanismes lunaires : la Lune au travers des signes

La **Lune** dans notre thème, c'est l'archétype de la **Mère**, la représentation psychique de notre mère terrestre, elle décrit comment nous avons vécu notre **lien** avec elle.

La Lune en Bélier : c'est une Lune amazone, active, forte, une exposition d'énergie toujours en quête de nouvelles aventures. Elle régit avec intensité, défendant son royaume. Elle affirme un fort besoin d'indépendance. Elle se sent en insécurité lorsqu'elle perçoit une situation d'intrusion de son espace vital.

La Lune en Taureau : c'est la Reine Mère de la sensualité. Souvent dès l'enfance, elle reçoit une très grande charge affective, des caresses, de la nourriture en abondance, des attentions, des cadeaux. Cependant, le risque est de tomber dans l'inertie.

La Lune en Gémeaux : c'est une Lune tisseuse de liens et d'idées, elle dessine un champ d'interactions continu où les éléments doivent être en mouvement, se lier, créer des ponts entre des particules de nature opposée. C'est une Lune qui, lorsqu'elle est en insécurité, se divise, papillonne et se disperse.

La Lune en Cancer : c'est l'archétype lunaire par excellence, la douceur maternelle qui berçait son enfant et anticipait tous ses besoins. Il existe une nostalgie dans la vie d'adulte de cette fusion primordiale. L'insécurité se réveille lorsqu'ils doivent sortir de cette symbiose.

La Lune en Lion : c'est l'archétype de la Reine Mère, celle qui irradie, qui a besoin d'être au centre et de se sentir souveraine dans son royaume. Son insécurité provient du sentiment d'être décentré, ce qui est fréquent quand elle sort de la matrice familiale pour se confronter à d'autres espaces de socialisation.

La Lune en Vierge : c'est la Reine de l'ordre. Le corps de l'enfant se trouve enveloppé dans cette énergie où les choses doivent être à leur place. L'insécurité de cette Lune surgit lorsqu'elle ne peut pas contrôler, anticiper les situations et son environnement.

La Lune en Balance : c'est la Reine de l'harmonie et de la beauté. Elle s'est construite dans l'importance du regard de l'autre avec souvent des injonctions à se montrer aimable, polie, bien élevée. Elle se sentira en insécurité dans des relations intimes et aura une difficulté à exprimer ses propres besoins et non se modeler à ceux de ses proches.

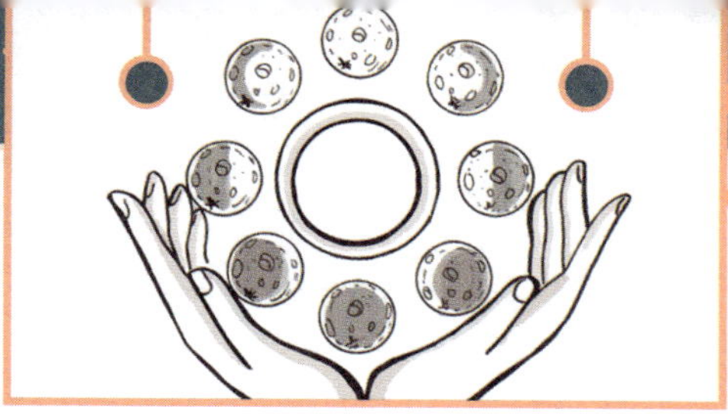

5 - Comprendre nos mécanismes lunaires : la Lune au travers des signes

La Lune en Scorpion : c'est la Reine du magnétisme. Il existe une ambivalence entre la fusion intense, nourricière de la mère et le fait que cette même fusion peut détruire, être source de douleur. On retrouve cette Lune parmi les thérapeutes, médecins, guérisseurs.

La Lune en Sagittaire : c'est une Lune optimiste, joyeuse. Elle donne l'impression que sa vie se déroule sans aucun obstacle. Le natif reçoit un profond soutien qui l'amène à développer une confiance dans ses mouvements exploratoires, ce qui le prédispose à jouir d'une grande vitalité. Le grand défi de cette Lune est d'atterrir et d'accepter la réalité.

La Lune en Capricorne : c'est l'archétype d'une mère souvent dure et exigeante. Il existe pour le natif une ambiance froide, distante où les émotions ont peu de place. Son défi est de s'ouvrir émotionnellement à recevoir de l'attention et de l'affection.

La Lune en Verseau : c'est l'archétype de la Mère Étoile. Elle donne la sensation d'être toujours en quête d'une liberté. Elle se sent en sécurité lorsque le ciel est son toit, lorsqu'elle se sent libre et sans attache. Parfois, l'atmosphère familiale est perçue comme instable et changeante. C'est peut-être la Lune qui a le plus de mal à aligner la tête et le cœur.

La Lune en Poissons : c'est la Lune la plus sensible du zodiaque et peut-être la plus difficile à saisir avec les mots. Le natif aura du mal à donner forme et organiser sa psyché ; même s' il est porteur d'une sagesse profonde qui l'unit étroitement avec la Grande Mère Divine.

Devinez le signe lunaire en fonction du besoin affectif, de son ombre et du talent de chaque Lune

1. Besoin affectif : sécurité matérielle, possessions, sensualité, toucher.

Ombre : attachements aux plaisirs des sens, résistances aux changements, compensation dans la nourriture ou les achats compulsifs.

Talents : dons artistiques et culinaires, donner forme à la beauté, connexion aux cycles de la Mère Nature.

....

2. Besoin affectif : espace, indépendance, liberté d'action, éternel recommencement.

Ombre : hyperactivité, réactions violentes pour défendre son territoire.

Talents : dynamisme, innovation, pragmatisme, contact avec les forces archétypales premières.

....

3. Besoin affectif : solitude, ermite, discipline, autosuffisance.

Ombre : rigidité, froideur émotionnelle, distance, isolement.

Talents : concentration, intégrité, engagement et solidité dans ses relations affectives.

....

4. Besoin : liberté, communauté, espace, ouverture.

Ombre : déconnexion de son ressenti, ambiguïté émotionnelle, froideur et distance, silence dans ses relations affectives.

Talents : spontanéité, liberté d'être, acceptation des différences, capacité pour cocréer des relations d'un nouveau type, innovation relationnelle.

....

5. Besoin affectif : grands espaces, liberté, sentiments d'expansion, expériences joyeuses, voyages lointains.

Ombre : négation de la réalité, des émotions plus denses, dogmatisme.

Talents : vitalité, force de vie, intuition, synthèse.

....

6. Besoin affectif : connexion transcendante au monde de l'invisible, symbiose, spiritualité et arts.

Ombre : confusion, perte d'identité, addictions, dépression, syndrome de Peter Pan.

Talents : une sensibilité et une immense autocompassion aux besoins d'autrui.

....

7. Besoin affectif : comprendre ses émotions, les communiquer avec des mots, besoin d'être stimulé intellectuellement, d'apprendre des choses nouvelles.

Ombre : dispersion, confusion, déconnexion du ressenti émotionnel en cherchant à disséquer intellectuellement les émotions.

Talents : intelligence, assembler ses idées, comprendre en profondeur les ressentis et les verbaliser avec brio.

....

5 - Comprendre nos mécanismes lunaires : la Lune au travers des signes

8. Besoin affectif : expérimenter un échange profond, se transformer, se renouveler.

Ombre : dépendance affective, drames émotionnels, noirceur et pessimisme.

Talents : intuition, facultés psychiques développées, connexion au monde de l'occulte et de l'invisible.

Mots cachés

Des déesses lunaires se sont glissées dans ces mots-mystères, connectez-vous avec votre intuition pour voir le message de la Lune.

I	Y	E	I	R	E	V	E	M	E	M	O	I	R	E
I	N	T	U	I	T	I	O	N	G	Z	B	D	Q	Z
H	P	N	G	U	A	R	T	E	M	I	S	I	Y	F
N	Y	Q	O	P	O	G	R	S	C	L	U	P	R	Q
K	N	N	C	P	Q	F	Q	Q	D	O	R	I	S	I
Y	A	Q	S	E	N	S	I	B	I	L	I	T	E	M
A	X	M	T	O	A	H	E	C	A	T	E	I	A	H
A	Z	H	R	I	S	E	L	E	N	E	D	L	X	Y
Q	V	P	A	N	I	M	A	U	G	A	C	L	M	W
I	X	X	D	H	Y	E	N	F	A	N	C	E	A	Z
I	M	A	G	I	N	A	T	I	O	N	S	L	T	L
Y	L	T	P	S	P	P	L	P	H	E	X	R	R	C
O	T	U	R	D	I	A	N	E	W	R	W	L	O	V
B	Q	I	X	C	H	E	L	C	F	Y	T	S	Z	G
H	W	Z	J	I	F	W	T	Z	K	U	M	O	S	L

Chapitre 6

Le Soleil, le Roi Soleil

Le **Soleil** est le roi de notre royaume. Il occupe une position centrale dans notre thème de naissance. Les autres planètes seraient, pour poursuivre cette analogie, les personnages de la cour chargés de faire exécuter les ordres émanant du pouvoir central. Pourtant, le Soleil est aussi un trésor à conquérir lors d'une **quête**, celle du **héros** ou de l'héroïne. Il décrit le voyage mythique de toutes les épopées, où pour aller en quête du Graal, du trésor, nous devons passer de nombreuses épreuves, afin de trouver l'or, la pure rayonnante. L'Ascendant décrira le type d'épreuves que nous rencontrerons dans cette odyssée.

La promesse du Soleil est belle, celle de vivre depuis notre centre, de diriger les autres planètes tel un chef d'orchestre dans une symphonie parfaite, sans fausse note...

But idéal, attention dès lors de ne pas se méprendre comme Icare qui à vouloir voler trop haut s'est brûlé les ailes. Car le Soleil aveugle lui aussi. Icare essayait simplement de lui faire face sans aucune préparation. La quête solaire est le but ultime de toutes les traditions spirituelles et ésotériques, celle de notre autoréalisation, de devenir une étoile brillante dans la galaxie, qui diffuse les énergies de la Source.

Le Soleil ou la quête du héros

Pour beaucoup, il est en réalité difficile d'exprimer pleinement son Soleil, d'irradier la force de cette réalisation personnelle et intérieure. Qui d'entre nous ne s'est pas reconnu dans les clichés des horoscopes de magazines télé ?

La quête du héros débute souvent suite à un appel intérieur. Le second retour de Saturne vers 29 ans ou l'opposition d'Uranus vers 42 ans peuvent représenter des moments de crise existentielle où dans le même temps émerge une vision, un rêve, une intuition qui nous demande de nous mettre en route, d'oser répondre à un appel profond qui nous intime d'exprimer et de trouver cette part authentique de nous-mêmes : le Soi profond.

Tout transit des planètes dites trans-personnelles, même s'il ne touche pas directement le Soleil, est en réalité un appel pour dépouiller encore plus les strates de la personne et découvrir le trésor sous les masques.

Tel le héros, il nous faut nous armer de courage, de noblesse de cœur pour partir en quête de Soi.

6 - Le Soleil, le Roi Soleil

Beaucoup d'entre nous préfèrent rester dans le confort de nos sécurités. Or, plus on se réfugie dans le monde lunaire de commodités, d'habitudes, plus on s'éloigne de l'appel solaire, plus on l'étouffe. La conséquence de cette répression est souvent une dépression, une sensation d'échec, de vide, que notre vie n'a pas de sens.

Cependant, si l'on observe la mythologie, l'aide qui nous est donnée est souvent celle d'un personnage lunaire, reflet de l'aide que l'on peut obtenir lorsqu'on est en accord avec notre force intérieure, lorsque l'on est capable d'être à l'écoute de la voix de notre intuition.

Par ailleurs, les forces contre lesquelles cette quête nous amène à nous battre sont souvent le symbole du venin de l'inconscient collectif, cet héritage universel de ressentiment, de colère que nous portons d'une certaine manière tous en nous, transmis de génération en génération.

Le héros solaire doit affronter dès lors le Serpent, le Monstre. Les aspects difficiles du Soleil dans la carte du ciel peuvent nous montrer avec plus de précisions la nature des obstacles qui doivent être affrontés dans cette épopée.

Mais la quête en vaut la peine, même si nous devons expérimenter une certaine souffrance, la récompense finale prend la forme d'une femme (union divine du masculin et du féminin), d'un élixir d'immortalité (le Graal), du feu sacré pour Prométhée, de la branche de l'arbre d'immortalité pour Gilgamesh. Liz Greene évoque le fait que la récompense est souvent illicite ou demande d'être volée, capturée faisant ainsi surgir les problèmes de culpabilité ou de légitimité dans notre psyché.

Cependant, la destinée du héros solaire n'est pas égoïste. Ne confondons pas l'illusion messianique de certains se croyant dotés de pouvoirs les distinguant d'autrui avec l'humilité que requiert la quête solaire. En effet, si elle est authentique, c'est parce qu'elle sert aussi les intérêts supérieurs de la communauté. Le héros devient souvent le rédempteur de son peuple, le sauveur des maux qui le rongeaient.

Il doit ensuite revenir parmi les hommes, réintégrer la vie normale. On a souvent plusieurs quêtes suivant ce schéma au cours de nos vies, comme si nous allions chaque fois un peu plus loin dans les niveaux d'initiation proposés par la position de notre Soleil de naissance.

Le Soleil est aussi dans notre thème le symbole du père, du grand principe masculin. Ses attributs sont comparables à ceux associés dans la mythologie au Dieu Solaire. Il nous met au centre de nos vies, tel Apollon, père des neuf Muses, considéré comme le chef d'orchestre de l'harmonie cosmique, celui qui ordonne le cosmos. Il s'agit d'ailleurs d'une des fonctions du Soleil dans la carte du ciel qui vient mettre de l'ordre dans notre psyché, nous permettant de nous recentrer.

Il nous permet de nous libérer de notre lignée en nous définissant comme un individu avec nos propres valeurs et notre propre identité. Dans la mythologie, Apollon est le seul qui peut combattre les Furies ou la Ernie qui représentent l'héritage karmique, les dettes passées. L'appel solaire nous permet de rompre avec l'identification familiale, de nous définir comme individu avec nos propres valeurs et notre propre identité.

Le labyrinthe de la quête solaire

6 - Le Soleil, le Roi Soleil

Filmographie solaire : quels seraient les signes solaires de ces films ?

1. *Gladiator, Matrix* : ....
2. *La Belle et La Bête, Gandhi* : ....
3. *La Guerre des étoiles, La Fureur de vivre* : ....
4. *Elizabeth, Au nom de la rose* : ....
5. *Braveheart, Le Monde de Narnia* : ....
6. *Le Diable s'habille en Prada* : ....
7. *American Beauty* : ....
8. *The Piano, Kundun* : ....
9. *La Petite Sirène, À la croisée des mondes* : ....
10. *Les Fils de l'homme, Aux portes de l'enfer* : ....
11. *Indiana Jones et le temple maudit, Les Petits Mouchoirs* : ....
12. *Chocolat, Le Parfum* : ....

Chapitre 7

L'Ascendant, le chemin

La plupart des personnes ont du mal à différencier leur **Ascendant** de leur signe solaire. La quête solaire est celle de devenir le Roi et la Reine de votre royaume, d'être au centre de votre vie, tel le Soleil qui est au centre de la galaxie ; les autres planètes deviennent ainsi vos alliées pour régner et développer le potentiel de la qualité du signe solaire dans lequel vous vous êtes incarné. (Voir leçon sur le Roi et les signes.) Un Bélier se convertira en un roi leader, un Taureau en un artiste de la manifestation, un Scorpion un alchimiste de l'intimité.

Le signe de votre Ascendant indique votre chemin pour aller vers votre destin solaire. L'astrologue américaine Demetra George fait l'analogie avec un bateau : l'Ascendant représente le bateau, la planète régente de votre Ascendant le capitaine du bateau, le Soleil votre destination et la Lune la chambre des machines.

Il va décrire la nature de votre **personnalité** et le type d'épreuves ou de chemins que vous allez parcourir pour accomplir la conquête de votre royaume. Comme nous l'avons vu dans la leçon sur l'organisation du zodiaque, l'Ascendant est la porte de naissance de l'individu. Il marque l'énergie avec laquelle le natif s'incarne sur Terre. Il représente l'énergie que nous irradions d'une manière spontanée. Ce que nous n'avons pas intégré, nous l'attirons à nous sous formes d'expériences, de situations, ou de personnes qui apparaissent dans nos vies.

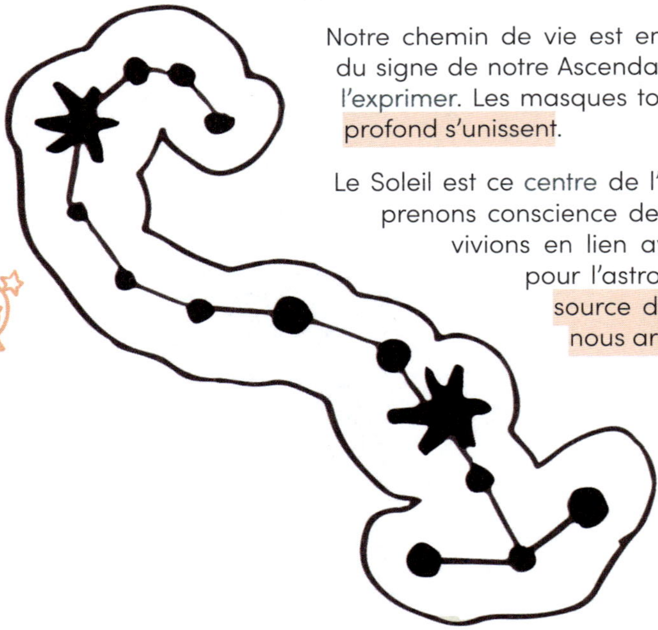

Notre chemin de vie est en quelque sorte de faire l'expérience du signe de notre Ascendant jusqu'à réussir à s'identifier à lui et l'exprimer. Les masques tombent alors, la personnalité et le Soi profond s'unissent.

Le Soleil est ce centre de l'être que nous irradions et dont nous prenons conscience de plus en plus. Il est rare que nous le vivions en lien avec l'extérieur, alors que l'Ascendant pour l'astrologue argentin Eugenio Carruti « est source de destin, dans le sens où il faut qu'il nous arrive quelque chose pour découvrir qui nous sommes ».

7 - L'Ascendant, le chemin

Les chemins de vie des Ascendants selon les signes

Ascendant Bélier – Le chemin du leader.

Ascendant Taureau – Le chemin de Dame Nature.

Ascendant Gémeaux – Le chemin du messager.

Ascendant Cancer – le chemin de la Grande Déesse Mère.

Ascendant Lion – Le chemin royal de la créativité.

Ascendant Vierge – Le chemin du service et de la dévotion.

Ascendant Balance – Le chemin de la beauté et de l'harmonie.

Ascendant Scorpion – Le chemin de la profondeur et de la transformation.

Ascendant Sagittaire – Le chemin de l'enseignant, du prophète.

Ascendant Capricorne – Le chemin de l'ascension.

Ascendant Verseau – Le chemin de la liberté.

Ascendant Poissons – Le chemin du mystique, du poète.

Devinez le signe de l'Ascendant de par le type d'expériences que le natif est susceptible de rencontrer sur son chemin de vie. Bien sûr, il s'agit ici d'exemples et en aucun cas d'une vérité absolue. Je vous invite plutôt à essayer de cerner l'énergie du signe qui se dégage des expériences choisies pour l'exercice.

1. Expériences : des circonstances de vie qui entraînent des situations de restrictions qu'elles soient matérielles ou liées à une fragilité physique. Il existe souvent une sensation que le destin les amène à se confronter à des limitations ou la sensation qu'ils doivent se réduire et se faire petit.

....

2. Expériences : des circonstances de vie où les natifs doivent adopter une posture de leader, tout semble les forcer à se débrouiller seuls.

....

3. Expériences : des circonstances de vie avec une atmosphère de flou et de confusion. Des mémoires de l'enfance où la frontière entre fantaisie et réalité semble brouillée. Ils expérimentent souvent une difficulté à nommer ou identifier ce qui leur arrive, tant ils sont caméléons et s'adaptent de par leur hypersensibilité aux situations.

....

4. Expériences : des circonstances de vie avec beaucoup de points de rupture. Une difficulté récurrente à trouver un point de référence permanent autour duquel organiser sa vie. Cela peut se traduire par des voyages ou déménagements inattendus. Ils sont aussi souvent entourés dès l'enfance de personnes atypiques, géniales, créatives parfois à la limite de la folie.

....

5. Expériences : des expériences sensuelles liées à l'apprentissage profond des cycles du vivant. La grossesse est souvent une expérience forte car elle lui demande d'habiter pleinement son corps.

....

6. Expériences : des circonstances de vie où le natif est en quête de sa place, des événements qui l'amènent à aligner l'image qu'il s'est construite pour recevoir de l'attention avec l'être qu'il est en profondeur.

....

7. Expériences : des circonstances de vie qui l'amènent à grandir très vite, à devenir adulte avant l'âge, avec la sensation qu'il n'a pas vraiment eu d'enfance. Des expériences de vie où il doit porter sur ses épaules beaucoup de responsabilités.

....

8. Expériences : des expériences de souffrances psychiques ; dès l'enfance le natif est confronté à la mort ou à des personnes ayant une grande souffrance. Il peut être témoin de forts conflits psychologiques dans son entourage. Il est souvent attiré par des personnes dotées d'une énergie intense et magnétique.

....

Mots croisés des Ascendants

Dans ces mots croisés, trouvez quels sont les chemins des Ascendants.

HORIZONTAL

6 Taureau
8 Sagittaire
9 Capricorne
10 Bélier
12 Vierge

VERTICAL

1 Poissons
2 Gémeaux
3 Scorpion
4 Cancer
5 Balance
7 Lion
11 Verseau

Chapitre 8

Démystifier Mercure rétrograde

Mercure est sans doute la planète faisant couler le plus d'encre au moment de sa rétrogradation. L'objectif de cette leçon est de **démystifier** la rétrogradation de Mercure pour comprendre les réelles implications astrologiques et comment survivre à cette rétrogradation qui finalement se répète trois fois par an.

Mercure ou Hermès pour le nom grec est dans la mythologie connu comme le magicien, le voleur, l'artisan, le messager des dieux, dieu du Commerce, des Marchands et des Mots. Il est le fruit de l'amour clandestin de Zeus avec la nymphe des bois Maia, l'une de ses nombreuses maîtresses. Fruit de la tromperie et de la ruse de Zeus, nous pouvons déjà voir la lignée paternelle d'Hermès et ses répercussions dans sa fonction astrologique puisqu'il indique dans notre carte du ciel l'endroit où parfois nous déformons la réalité, où nous trompons non seulement les autres mais aussi nous-mêmes.

Mercure représente dans un thème le besoin de changements et de mouvements dans notre vie. On peut donc imaginer que sa rétrogradation nous invite à une **pause** là où normalement notre mental fuse à mille à l'heure. Il est souvent fréquent que les trains aient du retard, que les personnes oublient leurs rendez-vous, que les agendas en ligne cafouillent en période de Mercure rétrograde.

Par ailleurs, Mercure représente notre esprit d'invention, d'ingéniosité, notre besoin d'activité manuelle et aussi notre côté **joueur**. C'est ce même côté joueur qui donne son aspect spectaculaire aux événements qui se produisent lors de Mercure rétrograde. Il nous joue des tours, nous fait des blagues, quel fripon divin ! Peut-être que la rétrogradation de Mercure est un moment propice à l'utilisation des ces plantes magiques pour se connecter aux informations des autres plans.

Il est aussi le dieu des serments et des engagements solennels dans les transactions d'affaires. D'où l'indication souvent fondamentale de l'astrologie ancienne de ne pas signer de contrats pendant la rétrogradation de Mercure.

8 - Démystifier Mercure rétrograde

L'une des fonctions les plus connues d'Hermès est celle de messager des dieux. Il sert d'intermédiaire, de médiateur tout comme le Mercure astrologique qui permet de tisser des liens entre deux domaines de nos vies qui nous paraissent opposés. Il symbolise la communication, les voyages, l'échange et la transmission d'informations et d'idées. Dans ses voyages, il est important de noter qu'il part des sommets de l'Olympe jusqu'aux Enfers. C'est d'ailleurs l'un des seuls dieux autorisés à aller dans les Enfers et à en ressortir. C'est l'une des clés pour comprendre Mercure rétrograde. Lors de sa boucle de rétrogradation, Mercure est occupé dans le monde du dessous. Il nous entraîne tel un passeur vers les espaces en nous, inconscients, à la recherche de nos vérités les plus intimes, il nous exige d'être vrais dans nos paroles.

Par ailleurs, l'une des toutes premières attributions d'Hermès est celle de gardien des croisements. Il protège le seuil, les portails en quelque sorte les entre-deux. C'est le dieu des frontières et des limites. Il est dit que c'est Hermès qui est présent lors de notre endormissement ou au réveil lorsque nous sommes entre l'état de rêve et d'éveil, tout comme il nous accompagne dans les périodes de changements lorsque nous sentons que nous sommes à un tournant de notre vie. Il symbolise vraiment la partie de notre psyché qui peut se déplacer dans différentes sphères du visible et de l'invisible. On observe dans les thèmes des personnes ayant un fort Mercure ou rétrograde de naissance qu'ils sont comme des messagers de ces autres sphères moins accessibles à la conscience. Ils franchissent des portails. Cela nécessite souvent une prise de conscience de cette ouverture.

Quiz : démystifier Mercure rétrograde

Il existe toute une série de rumeurs circulant sur ce qu'il faut ou ne pas faire pendant la rétrogradation de Mercure.

Répondez par VRAI ou FAUX ou ÇA DÉPEND pour chacune des affirmations. VRAI, s'il est possible de réaliser cette action pendant sa rétrogradation. FAUX, s'il faut s'en abstenir. ÇA DÉPEND, si c'est plus complexe que la dualité mercurienne.

A. Signer des contrats : ....

B. Faire des conférences : ....

C. Donner rendez-vous pour une explication de la raison d'une rupture : ....

D. Acheter un nouveau téléphone ou ordinateur : ....

E. Commencer un projet : ....

F. Envoyer un message à son ex ou répondre au message de son ex : ....

G. Commencer à sortir avec quelqu'un : ....

H. Trier ses habits : ....

I. Recommencer des études : ....

J. Commencer un journal pour noter la manière dont on se parle : ....

K. Appeler de vieux amis, surtout si on ne les a pas vu depuis 7 ans, 14 ans, 21 ans : ....

L. Relire un livre : ....

M. Être très actif et avoir plein d'activités : ....

N. Arrêter de fumer : ....

Mercure dans votre thème de naissance

Identifiez la planète Mercure dans votre thème de naissance par signe et par aspect. Si vous voyez un petit R, c'est que vous êtes né avec un Mercure rétrograde.

Réponse : ....

Signe de Mercure : ....

Questions pour aller plus loin : le signe de Mercure va vous indiquer la manière dont vous comprenez votre réalité, dont vous nommez votre réalité ainsi que votre style de communication...

Exemple : si votre Mercure est en Scorpion, vous aurez un esprit secret, fasciné par l'ésotérisme ou la Wicca.

La Maison

Pour aller plus loin : la Maison va indiquer le champ d'expérience où votre Mercure va aimer apprendre, où il va se sentir le plus à l'aise pour développer sa virtuosité intellectuelle.

....

Exemple : si votre Mercure est en Maison XI, vous aimez particulièrement les débats animés avec vos amis plus iconoclastes les uns que les autres.

N. B. : pour les astrogeeks plus avancés, vous pouvez aussi prendre en compte les aspects de votre Mercure, car on imagine bien qu'avec Saturne à ses côtés, il aura tendance à avoir une communication plus réservée, alors qu'avec Vénus, il sera plus séducteur ou poète.

Incarnez l'archétype de Mercure pour une journée, (prenez en compte que, cet été, il est rétrograde du 29 mai au 22 juin 2021). En vous inspirant du signe et de la maison de votre Mercure : ....

Vous pourriez, surtout si vous êtes sur votre lieu de vacances, partir en exploration des musées (surtout s'il est en Balance), des sites historiques (Capricorne), de nouvelles plages (Poissons), de nouveaux sentiers naturels (Taureau) afin de stimuler votre curiosité mercurienne de nouveaux environnements.

Flânez dans une librairie en faisant un stock d'ouvrages pour l'été et la rentrée des livres ésotériques (Scorpion), de beaux-livres d'art (Balance), de recettes de cuisines gourmandes (Taureau), de rituels de bien-être (Vierge), d'entreprenariat (Bélier).

Mercure est le messager des dieux. Profitez d'avoir le temps pour envoyer des messages sans passer par la technologie (sauf pour les Mercure en Verseau). Envoyez un colis de produits du terroir si vous avez Mercure en Taureau ou à votre ami avec Mercure en Taureau. Écrivez une lettre manuscrite sur un papier délicat si vous avez Mercure en Balance.

Si Mercure est rétrograde, achetez un journal, et commencez une réflexion sur l'année qui vient de se dérouler. Quelles sont les idées que vous n'avez pas pu achever, les livres que vous n'avez pas terminé de lire, les cours en ligne que vous n'avez peut-être pas commencés ?

Chapitre 9

Vénus, la muse amoureuse

Vénus, étoile du Matin, étoile du Soir, fascine toutes les civilisations depuis les Babyloniens, en passant par les Mayas jusqu'en Sumer où Vénus était connue comme Inanna « la Reine du Paradis ». Vénus est cette muse qui évoque, dans notre thème de naissance, nos quêtes amoureuses, de **plaisir**, de désirs. Planète du magnétisme par excellence, elle nous ouvre les mystères de l'attraction **amoureuse**, elle nous aide à nous connecter avec nos **désirs** les plus profonds.

L'archétype de Vénus est fortement inspiré de son origine sumérienne où les prêtresses d'Inanna étaient des prostituées sacrées, gardiennes des mystères de la sexualité, des initiatrices au service de la puissance de la Grande Déesse.

Dans un thème de naissance, Vénus représente parfois ce lieu où nous devenons prisonniers de nos propres désirs. Les victimes d'Aphrodite sont souvent comme ensorcelées par la déesse, elles sont en proie à la passion, envoûtées. Il convient de dépasser le jugement moral qu'elle pourrait susciter et l'appréhender depuis la force de l'éros. Vénus nous magnétise pour nous forcer à parler le langage du désir.

Vénus dans notre thème va nous renseigner sur notre manière de vivre l'amour. Elle régit deux signes : la Balance et le Taureau.

Dans le signe de la Balance, elle représente une Vénus céleste, recherchant la beauté parfaite dans ses relations. Elle charme pour séduire. Elle est une amoureuse du luxe et des matières les plus raffinées. Dans le signe du Taureau, elle devient gardienne des élémentaux. Elle s'érotise dans son lien à la nature. Gardienne de la Grande Déesse, elle cherche à révéler la beauté au travers de la forme. Elle est dès lors plus proche des forces instinctuelles.

En astrologie, la façon de vivre Vénus est bien sûr très différente selon sa position dans notre thème de naissance. Elle n'est pas vécue de la même manière pour les hommes et les femmes. L'astrologie traditionnelle avait coutume d'affirmer que les hommes expérimentent leur Vénus au travers de leur femme et vice versa en lien avec la planète Mars. Cependant, l'évolution de notre société tend à démontrer le contraire et que de plus en plus d'hommes épousent la partie féminine en eux, et de femmes leur partie masculine.

Dès lors, Vénus, dans une carte du ciel, nous parle de ce que nous aimons, de ce que nous valorisons mais aussi de l'estime et de l'amour que nous nous portons. Affirmer notre Vénus, c'est définir nos valeurs et nos sources de plaisir et aussi assumer ce que nous sommes.

9 - Vénus, la muse amoureuse

Lorsque nous expérimentons Vénus dans son côté sombre, nous sommes coupés de notre élan désirant. Il s'ensuit une baisse de l'estime de soi et donc nous avons tendance à faire des choix négatifs. Lorsque nous perdons le contact avec notre Vénus, plusieurs fuites sont possibles : le « bypass » spirituel qui nous entraîne à nous détacher du monde bas, l'intellectualisation et rationalisation de toutes nos décisions ou achats, ou encore la projection sur autrui de notre Vénus et donc la création d'une dépendance avec le sujet ou l'objet aimé.

Quel est le signe de ces personnalités et artistes ?

Dans cet exercice, il vous est demandé de réactiver les connaissances acquises sur les signes dans les leçons précédentes pour essayer d'associer ces citations d'artistes ou de personnes célèbres en devinant le signe de leur Vénus natale.

Coup de pouce pour réaliser l'exercice : Vénus au travers des éléments

En signes de feu : c'est une Vénus ardente, elle est entraînée par les feux de la passion. Elle démarre rapidement en Bélier. Elle brille en Lion en ensorcelant ses prétendants. En Sagittaire, elle s'élève vers un amour bohème et libre. Elle a besoin de jeux dans ses relations, d'ouverture, d'aventures et de spontanéité. Elle peut cependant parfois se brûler les ailes en idéalisant l'être aimé et en consommant trop rapidement ses sentiments.

En signe de terre : c'est une Vénus qui s'érotise par les sens surtout dans le signe du Taureau. Elle a besoin de stabilité, de sécurité et de marques d'engagement (Capricorne). Elle peut chercher des preuves d'amour tangibles dans les cadeaux, les actes concrets plutôt que dans des paroles (Vierge).

En signe d'air : c'est une Vénus relationnelle qui a besoin de partage d'idées, de sentir qu'elle est comprise et entendue (Gémeaux). Elle recherche un amour avec de longues conversations (Balance), des remises en question du monde (Verseau) et aussi un partage d'idéaux communs.

En signe d'eau : c'est une Vénus romantique (Poissons) qui a besoin de sentir l'autre. Elle peut d'ailleurs ne pas s'expliquer son attirance pour certaines personnes (Scorpion) et son rejet d'autres. Elle est magnétique, sensible (Cancer), séductrice et charmeuse.

« Soyez un standard de qualité. Certaines personnes n'ont pas l'habitude d'un environnement où l'excellence est exigée. »

Steve Jobs

Son signe : ....

« L'amour, une fois qu'il a germé, donne des racines qui ne finissent plus de croître. »

Antoine de Saint-Exupéry

Son signe : ....

« L'art, c'est la plus sublime mission de l'homme, puisque c'est l'exercice de la pensée qui cherche à comprendre le monde et à le faire comprendre. »

Rodin

Son signe : ....

9 - Vénus, la muse amoureuse

« Je suis ma propre expérimentation, ma propre œuvre d'art. »

Madonna

Son signe : ....

« J'aimerais que l'on se souvienne de moi comme d'une personne qui a accompli des actes utiles et qui était une personne aimable et aimante. J'aimerais laisser le souvenir d'un être humain avec une attitude correcte et qui a fait de son mieux pour aider les autres. »

Grace Kelly

Son signe : ....

« Dans la vie, j'ai eu le choix entre l'amour, la drogue et la mort. J'ai choisi les deux premières et c'est la troisième qui m'a choisi. »

Jim Morisson

Son signe : ....

« La Beauté sera comestible ou ne sera pas. »

Salvador Dali

Son signe : ....

Vénus dans votre thème de naissance

Laissez-vous envoûter par la muse du féminin pendant une journée en lien avec sa position dans votre thème de naissance.

Identifiez le signe et la maison de votre Vénus natale

Le signe : il va indiquer la manière dont vous vivez vos émotions, exprimez vos sentiments. Il va aussi vous renseigner sur le type d'expériences que vous cherchez à magnétiser dans votre vie pour éprouver du désir, du plaisir.

Exemple avec Vénus en Taureau : il semble que les désirs sensuels du chocolat en passant par un massage doux vous attirent. En Cancer, vous aurez plus envie de dénicher des souvenirs pour votre cocon familial.

La Maison : elle va indiquer le lieu où nous recherchons la beauté et l'harmonie, mais aussi le type d'activité qui nous procure du plaisir.

Exemple en Maison VII : vous avez besoin d'harmonie dans votre couple. En Maison V : vous êtes une artiste dans l'âme.

Une journée sous l'égide du plaisir vénusien : laissez-vous ensorceler par votre muse intérieure afin qu'elle soit le guide de vos choix d'activités, de nourritures, etc.

Chapitre 10

Mars, le chevalier, le gardien du Soleil

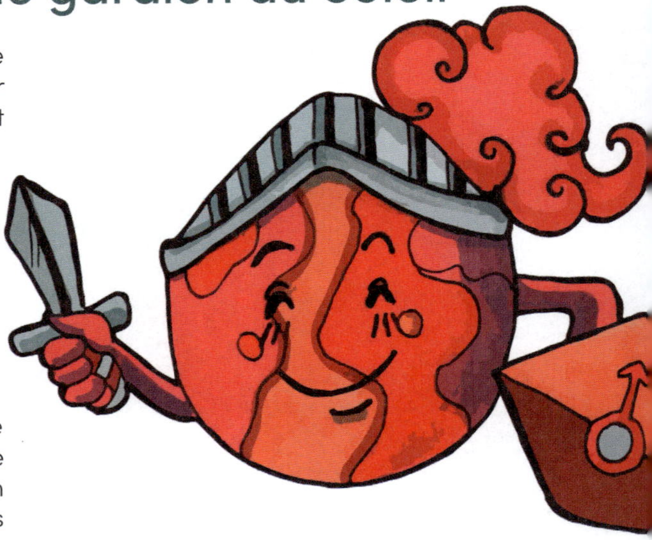

Mars, la planète rouge, représente ce feu vital qui nous anime, qui effraie par sa puissance, son pouvoir de décision et d'action, et qui vient réveiller le guerrier en nous. En effet, mal utilisée, la planète crée du conflit et engendre des guerres. On comprend qu'elle ait mauvaise presse depuis les temps antiques, planète maléfique créant de la séparation et de la destruction. Et pourtant, elle fait partie de notre théâtre intérieur, sa force est à apprivoiser, il nous est demandé de l'élever au rang de chevalier, de la faire siéger à la Table ronde pour servir non seulement notre destin individuel, mais aussi le dessin collectif du royaume.

Dans notre thème, la planète Mars est traditionnellement associée à notre capacité d'action, de trancher et de prendre des décisions. Elle exprime notre sensation de puissance, elle nous permet de diriger nos énergies vers des actions qui sont au service de notre Soleil. Mars est l'archétype du Guerrier élevé au rang de chevalier qui viendrait défendre notre trésor intérieur (Soleil, Soi).

Dès lors, il existe différents niveaux de signification du Mars astrologique allant du défenseur de notre individualité à son aspect le plus évolué qui le convertit en un héros adoubé au rang de chevalier, au service de la conscience, luttant contre les forces du mal (le mal est ici entendu comme les forces primitives et pulsionnelles de l'individu).

Dans un premier temps, il agit comme le défenseur de notre individualité, il nous permet d'en dessiner les contours en s'affirmant, en se positionnant. Mars parcourt le zodiaque en deux ans, on comprendra la corrélation avec la fameuse crise du « non » des enfants de 2 ans qui, astrologiquement, correspond au retour de Mars à sa position natale. Dès lors, ce « non » est l'expression du Mars natal de l'enfant qui évoque le besoin de s'affirmer, de se vivre comme une individualité séparée de la fusion maternelle. En effet, la fonction astrologique de Mars est justement de nous aider à sortir de l'identification lunaire, de pouvoir s'élancer en dehors de la sécurité de la matrice maternelle.

10 - Mars, le chevalier, le gardien du Soleil

Dans un deuxième temps, Mars est, dans notre thème de naissance, un indicateur de notre sentiment d'existence, il va refléter notre énergie physique, nos élans vitaux et notre sentiment même d'être en vie, de nous sentir incarnés dans un corps. La planète régit les glandes surrénales, dès lors elle va aussi exprimer notre besoin d'être dans l'action, d'être compétitivs et de défendre notre territoire personnel. C'est une planète physique et instinctuelle, elle représente la clé de notre santé physique et psychologique. Elle mesure notre libido, notre force vitale.

Selon le signe qui régit notre Mars, nous pourrons observer notre manière de poser des actes dans le monde et la façon dont on va dépenser notre énergie. Une énergie de Mars introjectée ou retournée contre soi (qui se lira dans le thème de naissance par des aspects difficiles à des planètes comme Saturne, Uranus ou Pluton) vient souvent indiquer un état dépressif ou une apathie pour prendre des décisions dans nos vies. Mars a besoin de sortir hors de lui-même, de s'exprimer dans le monde. Le cas échéant, lorsque nous retournons la flèche contre nous-mêmes, nous devenons violents envers nous-mêmes, nous nous autosabotons. Nous sommes alors privés de nos désirs, de notre énergie vitale.

Enfin, le plus haut degré de l'expression martienne est la quête du héros, qui décrit notre voyage héroïque, tel le chevalier qui se met au service de son roi solaire.

Quiz : les actions et réactions de Mars

En utilisant vos connaissances sur les qualités des signes développées dans la leçon, déterminez à quel signe appartient le couple de réaction martienne.

Mars en signe correspond à notre manière d'atteindre nos objectifs, notre mode d'expression du conquérant, et évoque le type d'énergie qu'il faut apprivoiser, libérer et dompter.

A/ Archétype lumineux : « Je suis un guerrier des forces de la nature, j'habite mon corps avec sensualité et lenteur, je me déplace en harmonie avec les éléments qui l'entourent. »

Archétype ombre : « J'ai du mal à me déplacer, je préfère le confort de mon canapé, je rumine de l'intérieur et me fais des nœuds à la gorge. »

....

B/ Archétype lumineux : « Je suis l'esthète du zodiaque, mes actes sont des œuvres d'art pour tisser des relations harmonieuses entre les êtres. »

Archétype ombre : « Je n'ose pas me positionner, j'ai peur de créer un conflit, je préfère parfois la non-action comme voie de sortie. »

....

C/ Archétype lumineux : « Je suis entrepreneur et aventurier, je défriche les chemins en franchissant les abîmes, je n'ai peur de rien. »

Archétype ombre : « Je détruis tout sur mon passage, je fonce en voiture et dans les sports extrêmes, je n'ai pas de limites. »

....

D/ Archétype lumineux : « J'ai construit un nid d'amour et de sécurité pour ma famille, mon jardin est protégé. »

Archétype ombre : « Je sens que l'extérieur est menaçant, je construis des barricades autour de moi et des miens. »

....

E/ Archétype lumineux : « J'explore mon quartier, je suis un poisson social, lorsque je vais au café du coin, je passe des heures à refaire le monde autour d'un petit café. »

Archétype ombre : « Je m'agite, je doute, j'ai dix activités prévues le jour même et souvent aux mêmes heures, j'oublie mes rendez-vous, je cherche le fil et je m'égare dans ma tête. »

....

F/ Archétype lumineux : « Je suis un guerrier spirituel, je cherche dans chacun de mes actes à me rapprocher de la source divine. »

Archétype ombre : « Je deviens prisonnier de mes ressentis, je fuis ma responsabilité d'action en altérant les états de conscience. »

....

G/ Archétype lumineux : « Je suis le gardien du feu créatif, l'artiste dont l'expression artistique vient immortaliser le génie de ma puissance, je laisse une trace dans ce monde. »

Archétype ombre : « J'agis pour être aimé et reconnu, j'ai besoin de ma cour pour me sentir exister. »

....

H/ Archétype lumineux : « Je suis l'ingénieur du zodiaque, j'organise, je suis efficace, je règle les problèmes les plus minutieux. Je veille à agir en servant mes proches. »

Archétype ombre : « Je ne peux pas prendre de décision tant que tous les détails ne sont pas sous contrôle. Je m'épuise à faire passer les besoins des autres avant les miens. »

....

Connectez-vous à votre guerrier intérieur

Après les enchantements de Vénus, il est temps de se connecter à son amant cosmique Mars, la force masculine conquérante qui nous permet de réaliser et de manifester nos désirs.

Identifiez le signe et la maison de votre Mars natal

Le signe : il va indiquer la manière dont vous atteignez vos objectifs, la nature de votre guerrier intérieur.

Exemple avec Mars en Bélier : vous foncez et rien ne vous résiste sur votre passage.

....

....

....

....

La Maison : elle va indiquer le lieu où vous devenez conquérant, où la vie semble fluide, et où votre énergie vitale est stimulée. Sans son ombre, elle indique là où vous avez plus tendance à vous mettre en colère.

Exemple en Maison X : vous avez besoin d'ascension dans votre domaine professionnel et vous n'hésitez pas à activer votre mode guerrier lorsqu'une situation ou quelqu'un semble s'opposer à vos objectifs.

....

....

....

....

Chapitre 11

Jupiter, la bonne étoile

Jupiter a souvent été considérée comme une planète apportant la joie et l'abondance dans notre thème. Le lieu où elle se trouve et les aspects qu'elle forme nous indiqueraient l'endroit où une bonne fée se serait penchée sur notre berceau. Tout comme avec Saturne, avec Jupiter nous entrons dans la sphère des planètes dites sociales, car elles vont nous indiquer la manière dont nous nous insérons dans la société.

Cette planète nous insuffle le désir d'expansion, de dépasser les limites du connu, de comprendre, d'inspirer et d'insuffler du sens. Dans son ombre, elle exagère, elle amplifie, elle tombe dans la démesure et malheureusement on pourrait lui incomber les excès de notre société de consommation. Si un pays pouvait représenter l'énergie jupitérienne, il s'agirait des États-Unis.

L'alliée du Soleil

Jupiter est l'alliée du Soleil. Le Soleil est l'étoile centrale du système solaire. Jupiter est une proto-étoile, une étoile qui n'a pas fini de se former ; ils partagent dès lors la même modalité énergétique, centrifuge et centripète. Dès lors, Jupiter symbolise notre recherche de sens, notre quête vers la vérité, elle nous connecte à de nouveaux horizons en nous invitant à ouvrir de nouvelles portes pour grandir et croître. La position de Jupiter dans notre thème décrit le lieu où nous cherchons à nous améliorer, où nous prenons des risques, où nous sentons que c'est là que résident nos possibilités de succès, de prospérité et de développement personnel.

Garante de la cohésion du groupe

Jupiter est garante de l'ordre social, c'est une planète sociale qui touche la cohésion du groupe, sa croissance, son intégration et son expansion. La position de Jupiter nous parle de la manière dont nous sommes invités à participer à la société, c'est pour cela qu'elle nous parle aussi des règles socials, de la morale mais aussi de la justice et de la religion, de l'appartenance à une fratrie ou à une collectivité. Il y a aussi parfois l'aspect social de Jupiter, celui qui pleure seul mais sourit et entraîne son monde dans la joie.

11 - Jupiter, la bonne étoile

Son ombre

Jupiter, principe d'expansion par excellence, amplifie dans nos thèmes tout ce qu'elle touche. Jupiter, régente du Sagittaire, se rêve parfois plus bohème et libre qu'elle ne l'est en réalité. Elle a soif de grandeur, d'expansion et de voyages lointains, et elle souhaite dépasser les limites du connu. Elle part en croisades vers de nouveaux territoires. Et c'est bien là parfois l'ombre de cette planète, défenseur des lois, des grands principes : elle peut vite s'enfermer dans un dogmatisme qui l'aveugle. Jupiter revêt alors les habits du bon roi, du patriarche qui sait ce qui est bon pour ses sujets, sans parfois prendre en compte leurs spécificités.

Sur le plan physique, Jupiter régit le foie et la circulation artérielle. C'est l'organe le plus volumineux mais aussi celui qui a la plus grande capacité à se régénérer. Jupiter nous parle de notre capacité d'assimilation, de transformation mais aussi d'adaptation. Si nous avons des difficultés à assimiler nos expériences de vie, à nous adapter à un groupe, nous pouvons plus facilement nous sentir rejetés et nous déprimer. L'excès de Jupiter est le bon vivant qui, en groupe, consomme trop d'alcool, de nourritures riches et surcharge son foie. C'est aussi l'idéaliste qui croit en son projet et qui oublie parfois de regarder la réalité telle qu'elle est.

Jupiter en signes

En vous basant sur votre connaissance des signes, reliez les archétypes jupitériens aux signes qui leur correspondent le mieux.

A/ L'Écrivain prolifique, doté d'une intelligence qui lui permet de briller dans son environnement où il s'exprime avec brio et aisance. Il aime les jeux de mots.

B/ Le Mystique rédempteur : il s'insère dans le monde par sa grande sensibilité à son environnement et cherche à transcender par son art ou son approche des plans invisibles la souffrance de ses frères et sœurs.

C/ L'Artiste, mais pas n'importe quel artiste : il aime briller et être reconnu pour ses talents uniques au sein de la société.

D/ Le Bon Père de famille qui cherche l'épanouissement au sein de son foyer. Souvent gardien des traditions des grandes familles, il affectionne aussi les grandes demeures.

E/ Le Businessman philanthrope : il a une forte ambition sociale, soucieux d'atteindre les sommets mais en adoptant une image paternaliste. Il est un chef d'entreprise intègre, soucieux de ses employés.

F/ Le Légiste qui rédige les lois, en faisant attention à la virgule près : il aspire à gérer et organiser au mieux les structures sociales.

G/ L'Humaniste militant : il s'insère dans la société en mettant en avant ses idées avant-gardistes qui, parfois, viennent contester l'ordre établi. Il nous propose de cultiver des valeurs humaines, fraternelles, et de nous rendre compte que nous sommes tous frères.

H/ Le Mage, attiré par les domaines les plus tabous de notre société (sexe, ésotérisme et pouvoir) : il cherche à les rendre public en nous charmant de ses tours. Il est magnétique, mystérieux et secret.

Déployez vos ailes au travers de votre Jupiter de naissance

Jupiter nous insuffle la foi dans la vie, il nous met en expansion.

Identifiez le signe et la maison de votre Jupiter.

Le signe : Jupiter reste une année dans le même signe, il s'agit d'une planète sociale et donc moins personnalisée que les planètes précédentes plus rapides. Le signe de Jupiter représente la manière et la qualité de notre mouvement d'expansion pour trouver notre place. (Voir les corrigés de l'exercice précédent.)

Pour aller plus loin : vous identifiez-vous à l'archétype de Jupiter associé à votre Jupiter natal ?

....

....

La Maison : elle marque l'endroit de notre expansion, le lieu où nous nous sentons connectés à notre abondance. L'ombre de Jupiter se traduira alors dans des problèmes de mesure, dans l'expression excessive des qualités de ce signe ou des problèmes liés à cette Maison. Cela a pour conséquence de nous déconnecter de notre axe et des autres.

Exemple en Maison V : vous vous connectez à votre abondance au travers de la créativité et de l'expression de votre spontanéité d'enfant.

Connectez-vous aux énergies bénéfiques de Jupiter en définissant votre étoile du Nord.

Jupiter vous invite à déployer vos ailes, mais pour cela il faut avoir une direction vers laquelle s'envoler.

Pour incarner Jupiter, il est souvent demandé de nettoyer le système de croyances qui nous empêche de créer du possible et d'étendre ensuite notre horizon.

En vous appuyant sur les informations de votre Jupiter natal, connectez-vous aujourd'hui à Jupiter en définissant votre étoile du Nord, votre grand « pourquoi », pour vous et pour le monde.

Votre Jupiter de naissance indique là où vous avez le potentiel d'accéder à votre abondance et à votre *flow*. Cela vous parle non seulement de recevoir mais aussi de donner dans ce domaine de vie où, au berceau, vous avez été touché par une bonne fée.

Mon étoile du Nord

Pour moi	Pour le monde
Quel est mon idéal ?	Quels sont mes idéaux ?

Chapitre 12

Saturne, vieux sage

La planète **Saturne** est peut-être la plus redoutée en astrologie. Pendant longtemps, elle a été la limite du système solaire, ce qui lui a valu le nom de grande maléfique dans l'astrologie traditionnelle.

Planète karmique, elle est symbolisée par une faux qui semble venir couper les promesses ouvertes par Jupiter. Elle ressemble à cette vieille sage ou parfois plutôt à cette vieillarde au dos courbé, à l'ossature fragile, qui nous rappelle : « Tu ne peux pas, ce n'est pas possible, fais attention si tu oses je vais venir m'immiscer dans tes pensées pour réveiller en toi la culpabilité, la peur, le sentiment. »

Saturne, c'est **Chronos,** le dieu du Temps, qui a castré son père Uranus mais qui a si peur qu'il lui arrive la même chose : il fait de même avec ses enfants et les dévore, sauf Jupiter qui le détrônera et deviendra roi des dieux de l'Olympe. Dès lors, Saturne nous parle du poids de notre filiation, de notre généalogie. Cela représente le lieu où l'on se courbe sous le devoir, sous le poids des injonctions des « il faut », « je dois » et « je ne peux pas faire autrement ».

Et pourtant, il est temps de dépoussiérer Saturne, d'oser lui faire face, d'oser l'incarner en nous pour devenir responsable de ce qui nous arrive. Il semble dans un premier temps représenter l'autorité extérieure, qu'elle soit parentale, karmique ou étatique. Mais dans un second temps, il existe un portail secret à traverser au-delà des frustrations et des limitations qu'elle semble engendrer dans nos vies pour vraiment trouver sa clé, son initiation. Saturne nous invite à devenir des vieux sages, à se connecter à cette voix en nous qui sait, qui connaît, qui affirme et décrète sa vérité depuis une position d'autorité.

Saturne nous rappelle qu'avoir un tronc vertical, cultiver l'intériorité et devenir sa propre force de référence nous permet ensuite de déployer notre feuille au vent. Elle nous permet de discerner ce que nous pouvons changer et ce que nous devons accepter avec la sagesse de la Vieille Sage.

Elle semble nous dire que la vie nous résiste là où en réalité elle nous initie, là où elle nous élève en maturité, en sagesse, en connaissance de l'être et du vivant.

Comme le dit avec beauté Luc Bigé, Saturne nous ORDonne : en langue des oiseaux, c'est de l'or donné, revenir au Soleil, revenir à notre trésor intérieur. Saturne est ce sage qui conseille notre roi (notre Soleil) en lui rappelant que les obstacles de la vie sont des invitations à grandir, à devenir sage plutôt qu'à s'aigrir et à entrer en lutte avec ce qui est. Elle nous permet de hiérarchiser dans nos vies, de mettre de l'ordre en tendant vers l'essentiel.

12 - Saturne, vieux sage

Saturne dans un thème peut aussi indiquer le lieu où l'on doit poser des limites pour séparer l'intérieur de l'extérieur. Dans son ombre, elle nous isole, nous rend vieux avant l'âge, aigri, avare, asséché. Dans sa beauté, elle nous invite à l'intériorité, on peut aussi y voir le symbolisme de Saturne avalant ses enfants, nous rappelant que tout processus de création a aussi besoin d'incubation et de silence.

Elle nous fait entrer dans le silence de l'être, dans la grâce de s'élever. Saturne dans notre thème vient nous rappeler cette sagesse tous les 7 ans, ce fameux cycle de 7 ans, qui commence par l'âge de raison : à 7 ans.

Associez les plus grandes peurs de Saturne en fonction des signes

1. Peur des profondeurs, de la mort, concernant la force de l'énergie sexuelle, de l'absence de pouvoir ou au contraire de sa propre puissance.
2. Peur d'être différent, du groupe, de s'engager dans la vie collective et sociale.
3. Peur d'être bloqué dans son initiative, de ne pas pouvoir s'élancer dans le monde en liberté pour semer des projets innovants.
4. Peur d'être fou, de l'incertitude, de l'absence de limites, de la dissolution.
5. Peur de ne pas être compris, de ne pas articuler sa pensée, de perdre son identité intellectuelle.
6. Peur de ne pas appartenir, d'être séparé de son enclos familial ou au contraire ultra-protectionniste des siens, de sa famille, de son territoire.
7. Peur d'être malade, que le quotidien ne soit pas organisé, se trouver rassuré par des règles et des routines spécifiques.

Incarnez le vieux sage en vous

Saturne n'est pas que le grand seigneur du karma, provoquant frustration et peurs. Dans le champ d'expériences indiqué par la maison de notre Saturne natal, nous avons la possibilité de nous ordonner (revenir à notre Soleil intérieur) et de nous élever.

Identifiez la Maison et le signe de votre Saturne de naissance.

Le signe de Saturne est générationnel, car il reste environ deux ans dans le même signe.

Luc Bigé nous dit que le signe de Saturne nous invite à incarner les qualités les plus essentielles du signe.

Quelles sont les qualités essentielles de votre Saturne ?

....

....

....

12 - Saturne, vieux sage

La Maison va décrire le champ d'expérience dans lequel nous avons besoin de mettre de l'ordre et nous devons faire acte de patience et de persévérance.

Ordonnez votre journée saturnienne, en vous rappelant qu'en langue des oiseaux, c'est de l'ORDonner (aller à l'essentiel, vous dépouiller du superflu, une détox minimaliste en quelque sort).

Par exemple :

Prenez le temps, faites chaque chose que vous avez l'habitude de faire mais avec lenteur et prenez conscience de chacun de vos gestes.

Passez du temps en solitude, invoquez la figure de l'Ermite, passez du temps sur un rocher face à l'océan ou faites une longue balade en montagne.

Étirez-vous : Saturne régit le squelette. Faites-vous masser, allez chez l'ostéopathe ou offrez-vous une séance de yoga/pilates.

Mettez de l'ordre dans votre maison, dans vos projets et dans votre tête.

Écrivez un plan d'action pour matérialiser ces rêves que la période estivale vous inspire.

Chapitre 13

L'appel des transpersonnels

Dans la grande symphonie des planètes, nous rentrons maintenant dans l'exploration de celles les plus éloignées de notre Soleil. Elles visitent très longtemps le même signe, elles ont donc un impact plus collectif qu'individuel.

Uranus, c'est le bouffon du zodiaque pour certains, l'insoumis indomptable pour d'autres : il représente l'appel de se libérer des chaînes qui nous entravent pour devenir l'individu que nous sommes. Il explose ce que le Grand Sage a construit (Saturne) et fait virevolter les dogmes jupitériens. Dans son ombre, il s'isole, il veut réveiller la conscience de l'humanité sans pour autant s'intégrer parmi ses consorts humains. Il se réfugie dans le monde des idées, il se sent marginalisé, incompris, rebelle, génie maudit.

Dans sa lumière, il nous pousse à oser incarner notre individualité, notre originalité iconoclaste, il nous fait sortir des boîtes, des cadres, des bienséances. Il nous permet alors de contribuer à cette grande symphonie cosmique depuis notre grain de folie unique et assumé.

Neptune... Entrer dans la sphère neptunienne, c'est plonger dans l'océan cosmique du grand mystère de la vie ; c'est entrer dans le monde de l'ineffable, des symboles, des archétypes. Dans son ombre, il va chercher à modifier nos états de conscience par la consommation de drogues, d'alcool ou de toutes addictions qui nous feraient oublier, l'histoire d'un instant, que nous sommes incarnés dans un corps, dotés d'une personnalité avec des responsabilités dans cette réalité terrienne.

Dans sa lumière, c'est le mystique, le poète, l'artiste qui nous enchante, qui ressent profondément son unité avec le grand tout, qui est un être de compassion et d'amour qui respecte la plus petite parcelle de vivant.

L'appel neptunien est celui du sacrifice mais c'est là toute sa subtilité : il ne s'agit pas de se sacrifier pour les autres, mais de faire du sacré, de se verticaliser pour se connecter aux plans supérieurs.

13 - L'appel des transpersonnels

Pluton, le mage noire

Nous quittons le monde du ciel enchanté peuplé de licornes et d'autres êtres magiques pour descendre dans les tréfonds du monde du dessous, les enfers dont le gardien n'est autre que **Pluton**.

Pluton dans notre thème (équivalent grec d'Hadès) est le gardien des portes de notre inconscient, il nous invite à nous transformer en prenant conscience du pouvoir qui nous habite, mais avant de nous faire découvrir nos richesses (Pluton vient du latin *Pluto*, « le riche »), il va nous dépouiller, nous déposséder et faire remonter toutes nos peurs, toutes nos angoisses et tous nos traumas les plus enfouis.

Le plus grand danger n'est pas tant de rencontrer ce mage que de lui résister, de rentrer dans ses jeux de pouvoirs et de lui cacher des choses. Il représente cette tentation de se connecter à cette puissance de vie, à cette force primordiale souterraine et de s'y attacher.

Pluton concentre toute notre attention, parfois sur une personne ou sur une situation, mais comme le dit sagement Luc Bigé : « Rien de grand n'a été fait sans une dose d'obsession. »

Mots cachés

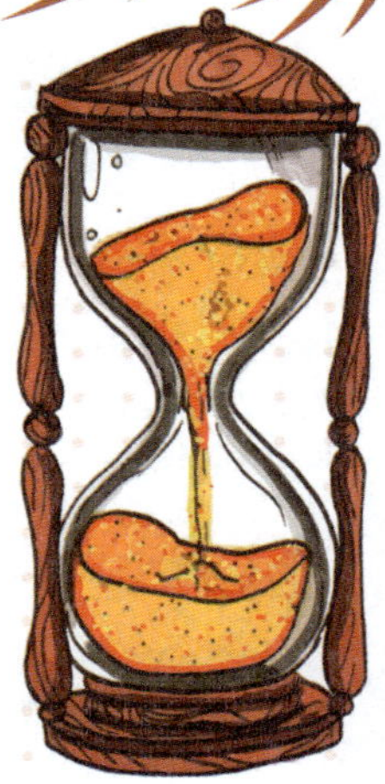

Retrouvez dans cette grille les mots-clés qui sont associées aux transits des planètes transpersonnelles.

Une fois tous les mots découverts, vous pouvez essayer de les associer aux planètes correspondantes.

Faites confiance à vos intuitions, peut-être que les mots-clés que vous retrouvez les plus facilement sont des clins d'œil de certains transits actuels dans votre thème de naissance. Pour les « astrogeeks », n'hésitez pas à vérifier.

Une petite précision sur les transits : chaque jour en réalité nous avons des transits sur un point de notre thème, seulement les passages des planètes dites lentes se font sentir avec plus de force dans notre vie, surtout si elles sont en aspect aux angles et luminaires. Les aspects les plus fortement ressentis seront la **conjonction** et **l'opposition**. Par ailleurs, il n'est pas forcément nécessaire qu'il se passe quelque chose à la date exacte indiquée sur les éphémérides (petit rappel : les éphémérides correspondent au grand dictionnaire où se trouvent toutes les positions des planètes chaque jour).

Un petit conseil : généralement, on peut observer trois points de contacts, par exemple Uranus en transit sur le Soleil.

La première date indique Uranus en station direct sur le Soleil. Observez les événements ou les ressentis intérieurs, ils vous donneront l'une des clés pour comprendre l'essence du transit. Il est souvent fréquent que le premier point de contact soit plus difficile, comme si on était surpris par l'énergie de la planète, surtout avec Uranus qui va nous proposer d'inverser la façon dont nous vivions notre identité (Soleil).

La deuxième date clé correspond souvent au pic du transit, le climax.

La troisième date marque la fin du passage de la planète, elle est partie, elle peut nous envoyer quelques petites épreuves pour voir si nous avons bien intégré les leçons qu'elle nous propose d'expérimenter.

13 - L'appel des transpersonnels

S	A	C	R	I	F	I	E	R	V	U	R	M	S	T
T	T	L	Q	K	C	Z	U	X	K	Y	I	I	E	I
R	X	X	P	R	R	E	N	I	C	Q	M	D	X	M
A	A	L	U	E	R	E	T	N	F	U	Y	E	U	A
N	A	M	P	D	E	S	V	C	R	A	Y	P	A	G
S	O	Y	O	E	N	B	N	O	Q	A	M	R	L	I
F	U	S	P	M	A	K	O	N	L	O	B	E	I	N
O	V	T	A	P	I	S	P	S	L	U	B	S	T	A
R	E	I	R	T	S	D	M	C	I	Z	T	S	E	T
M	R	C	D	I	S	E	N	I	B	I	A	I	E	I
A	T	I	O	O	A	H	Z	E	E	Q	N	O	O	O
T	U	S	N	N	N	N	I	N	R	T	J	N	G	N
I	R	M	N	J	C	E	Z	T	T	J	J	A	B	R
O	E	E	E	C	E	K	G	V	E	T	F	R	L	J
N	T	N	R	D	I	S	S	O	L	U	T	I	O	N

DISSOLUTION
DÉPRESSION
IMAGINATION
INCONSICENT
LIBERTÉ
MYSTICISME
OUVERTURE
PARDONNER
RENAISSANCE
RÉDEMPTION
RÉVOLUTION
SACRIFIER
SEXUALITÉ
TRANSFORMATION

Chapitre 14

Les astéroïdes féminins

En écho avec le retour du **Féminin**, la voix de la Grande Déesse semble se faire entendre de plus en plus dans notre société au travers de divers mouvements féministes, et de l'émergence des cercles de femmes. Nous assistons à un rayonnement dans ces multiples facettes du grand principe féminin qui se reflètent aussi dans la pratique astrologique.

En effet, jusqu'à présent, les énergies féminines d'un thème se lisaient au travers de la Lune (la mère) et Vénus (l'amante, l'amoureuse, la muse). Il était temps d'enrichir le vocabulaire astrologique pour rendre hommage à la diversité et aux nuances infinies des énergies féminines.

Cérès est la Grande Déesse-Mère qui utilise l'énergie sexuelle créative de Vénus pour engendrer des êtres et de la nourriture. Cette énergie descend dans les centres reproductifs. Cérès est le premier astéroïde découvert et a été baptisé du nom de la Grande Déesse-Mère des Romains. Elle est l'archétype de la Mère qui donne vie et nourrit toutes les créatures qu'elle porte en son sein. Elle est aussi une déesse agraire, gardienne du secret des graines qui font fructifier la vie sur Terre. Dans un thème, Cérès va décrire nos qualités de parents et la manière dont nous prenons soin d'autrui, mais elle va aussi représenter nos problématiques face à la nourriture et mettre en lumière les dynamiques d'attachement et de séparation avec nos enfants.

Pallas Athéna utilise l'énergie sexuelle créative de Vénus en donnant naissance à des créations depuis son intelligence, elle monte cette énergie au sommet de son crâne. Dans un thème, Pallas Athéna représente l'intelligence créatrice, l'engagement pour la justice et les droits des femmes. Dans son ombre, elle parle de la peur du succès mais aussi de la dissociation très forte entre le cœur et la tête. L'un des plus grands défis de l'amazone, cette *Wonder Woman* des temps modernes, est de ne pas renoncer à la puissance de son cœur contenue dans les mystères du Féminin. Au niveau initiatique, lorsqu'elle se réunifie avec la sagesse du serpent, qu'elle intègre en elle les mystères du Féminin et qu'elle se réconcilie avec ses origines, elle peut accéder à la sagesse des oracles et se connecter à la force du serpent Kundalini.

Vesta utilise l'énergie sexuelle de Vénus au service de la connexion verticale à soi-même et au sacré. C'est la gardienne du temple du feu sacré. Vesta vient du sanscrit *vas* qui veut dire briller. Le feu sacré n'était pas seulement celui du foyer ou du temple, c'était le feu vital intérieur, du serpent qui les habite. Elle connaissait les pouvoirs secrets de la transmutation sexuelle. Elle était vierge au sens premier du terme, elle n'appartenait qu'à elle-même, elle était complète et n'avait pas besoin d'être définie ou contrôlée par un homme. Vesta

reste encore un mystère pour moi dans les thèmes que les femmes que j'accompagne en séance me dévoilent dans leurs récits de vie autour de leur sexualité, de ces amants mystérieux qui font irruption dans leur vie et qui semblent les ouvrir aux portes des cieux.

Junon, quant à elle, utilise cette énergie au service de l'autre dans les engagements et compromis qu'elle tisse avec autrui, particulièrement un partenaire. C'est peut-être l'archétype le plus difficile à saisir, sans doute parce que sa mythologie ne semble pas être de bon augure. En effet, Héra ou Junon est la femme de Zeus, et ils se font constamment la guerre : il la trompe, elle se venge, ils se réconcilient, se disputent à nouveau, elle est l'instigatrice des pires stratagèmes pour lui faire payer ses infidélités mais elle reste malgré tout... On voit la difficulté d'extraire du mythe une quintessence qui nous donnera de l'espoir pour l'institution du mariage ou le couple.

Cependant, son plus grand défi est qu'elle oublie que sa souveraineté ne vient pas de son titre de reine mais d'une force intérieure où elle reprend son pouvoir et le partage en égalité avec l'homme qu'elle aime. Elle porte pourtant en elle les souvenirs de cet état sauvage ou primitif où elle était une reine libre.

Test : quel est votre archétype féminin dominant ?

Entourez les mots qui vous attirent le plus. Chaque mot est associé à une lettre. Comptabilisez ensuite vos points en fonction de chaque lettre pour découvrir votre archétype féminin dominant.

activisme (A) • amour de soi (C) • amour inconditionnel (C) • âne (B) • anneau (D) • arbres (C) • arc-en-ciel (D) • autosuffisance (B) • Avalon (B) • célibat (B) • chouette (A) • compassion (C) • contemplation (B) • coquelicot (C) • courage (A) • créativité (A) • dévotion (B) • diadème (D) • écologie (C) • égalité (A) • enfant (C) • engagement (D) • engagement social pour prophétie (A) • faucille (C) • feu sacré (B) • fidélité (D) • fleurs (C) • force (A) • gardienne (B) • maternité (C) • grain de maïs (C) • grenade (D) • intelligence visionnaire (A) • intériorité (B) • intimité (D) • justice (A) • Kundalini (A) • magique (A) • mariage (D) • Médusa (A) • mystères des menstruations (C) • naissance (C) • nourriture (C) • nouvelles formes de relation (D) • olivier (A) • oracle (B) • paon (D) • père (A) • prendre soin (C) • prêtresse (B) • projets (A) • pureté (B) • renaissance (C) • rites de passage (C) • rituels (B) • serpent (A) • sexe magique (D) • sexualité sacrée (B) • sexualité tantrique (D) • silence • spectre (D) • temple (B) • Terre-Mère (C) • torche (B) • union alchimique (D) • utérus (C) • Vierge (B) • visualisation créative (A) • voile (D).

Quelle prêtresse êtes-vous ?

Essayez de trouver les astéroïdes féminins dans votre thème de naissance. Annotez le signe et la maison, notamment celui de Vesta.

Le signe de votre Vesta de naissance peut vous renseigner sur le type de rituels, de sanctuaires et de jardin secret qui vous correspondent le mieux.

Par exemple, Vesta en Taureau pourra se faire un autel dans la nature ou se connecter aux quatre éléments ; Vesta en Gémeaux pourra avoir un grimoire où elle conserve ses inspirations, Vesta en Scorpion pourra avoir un autel dédié aux déesses de l'éros, etc.

Je vous invite à vous connecter à la prêtresse en vous en construisant un autel et/ou des rituels pour l'honorer dans votre vie.

Réactions émotionnelles de Junon

En fonction de votre connaissance des signes, associez la possible réaction émotionnelle de Junon lorsque, par exemple, elle se dispute avec Zeus ou son conjoint.

1. Elle se retire dans son monde émotionnel ou dans sa chambre.

2. Elle a une migraine soudaine, elle ressent une pression dans les sinus, elle peut aussi rentrer en colère et lancer des objets d'une manière brutale.

3. Elle devient passive-agressive, elle refuse de dire réellement ce qui la préoccupe et va feindre que tout va bien pour maintenir l'harmonie.

4. Elle devient jalouse, elle va piquer là où ça fait mal.

5. Elle devient une *drama queen* faisant un caprice de petite fille.

6. Elle a mal au cou, elle se réfugie dans la nourriture ou dans les achats compulsifs.

7. Elle se réfugie dans le travail, dans le contrôle et cherche à maintenir les apparences.

8. Elle arrête de parler et se réfugie dans le silence.

9. Elle devient très critique et s'obsède pour les moindres détails.

10. Elle s'enferme dans le silence, elle ne répond plus aux appels et se montre indisponible.

11. Elle s'échappe dans son monde imaginaire ou, dans le pire des cas, dans les substances artificielles.

12. Elle s'achète un billet d'avion pour la destination la plus éloignée.

Chapitre 15

Le mystère de Lilith

La lune noire, associée au personnage mythologique de **Lilith**, est sans doute le point astrologique le plus mal compris et suscitant le plus de débat.

Que ce soit sa mythologie, son interprétation ou même le point astronomique utilisé, tous font débat dans la communauté astrologique. Pour certains, elle est sorcière, castratrice, dévoreuse d'enfants, démon femelle ; pour d'autres, elle est initiatrice, chercheuse d'absolu, dame à la licorne. Entrer dans le mystère de Lilith revient à accepter de plonger dans le mystère de cette ambiguïté. « Elle est présence de l'absence, absence de la présence », disait Jean Carteret.

Sa mythologie nous renseigne sur cette double nature. Son symbole le plus ancien remonte à la Mésopotamie, où elle est décrite comme un démon-femme ailé avec des pattes d'oiseaux, qui tue les femmes en couches et les nouveau-nés, et soustrait aux hommes leurs semences. Elle est souvent assimilée à l'épouse de Satan.

Lilith apparaît dès lors comme cette femme insoumise sauvage et rebelle, elle est animée d'une soif d'absolu et de liberté que peu comprennent. Pour certains, elle chute par orgueil à vouloir être si indomptable. Elle représente dans un thème ce point d'insubordination, cette rébellion sourde qui existe en nous, ce besoin de s'affranchir des règles.

Alors oui, elle est le lieu de notre orgueil car sa quête d'absolu, cette quête d'un amour pur et libre, lui demande souvent de s'exiler, c'est pour cela que l'endroit où elle se trouve dans notre thème représente le lieu où parfois nous devons dire non, renoncer à une expérience. Elle représente un point d'élévation. Lilith voit et son regard aigu lui fait mal, hypersensible et hyper lucide sur elle-même, sur la vie, elle est dans son monde, mais hors de lui, exactement comme son expulsion du paradis terrestre.

Elle nous rend sensible de manière aiguë à toutes les violences faites aux femmes. Lorsque Lilith s'active dans notre thème, il semblerait que nos cris, notre colère, notre rage et notre rébellion entraînent avec elle tous les cris sourds de nos sœurs qui n'ont pas pu se dire, ou oser se dire.

15 - Le mystère de Lilith

Lilith fait peur, elle est la prostituée sacrée, la « putain d'Inanna » disaient les amulettes de Mésopotamie. On lui attribuait un vagin denté. Elle attire, elle séduit, elle n'a pas besoin de l'homme mais réveille chez lui les peurs archaïques (dont la peur de la castration).

Lilith est véritablement active dans notre thème de naissance. Si elle occupe une position clé (aspect aux angles, aux luminaires ou conjointe au gouvernant de thème), elle agit alors comme une initiatrice, tout le monde n'est pas prêt pour la rencontrer. Elle va alors nous confronter à son mystère, à dépasser sa dualité de sorcière/initiatrice pour nous faire entrer dans le monde métaphysique de l'être. Elle est néant et totalité.

Lilith est intransigeante là où elle se trouve dans notre thème, sa quête d'absolu et son hyperconscience l'entraînent dans une exigence telle qu'elle devient responsable, qu'aucun mensonge n'est possible, qu'aucune dualité ne lui résiste.

Lorsqu'on apprivoise la Lilith en soi, on entre dans le monde des mystères, de la femme primordiale et sauvage qui n'appartient qu'à elle-même.

Et lorsqu'elle est déçue, elle part dans le monde de la licorne, elle s'élève et s'isole dans le silence. Elle devient dame à la licorne. La licorne, on ne la voit pas, on ne peut la percevoir que si on est réellement pur, on est entraîné alors de l'autre côté du miroir.

Test : avez-vous un archétype Lilith dominant ?

Répondez aux questions et comptez le nombre de réponses A ou B.

Vous êtes plutôt attiré par :

- A/ les oiseaux
- B/ les poissons

Vous préférez :

- A/ les mangues
- B/ les grenades

Vous choisiriez :

- A/ un spectre
- B/ un calice

Vous préférez :

- A/ les cheveux blonds
- B/ les cheveux roux

Quel personnage mythique vous attire le plus ?

- A/ la reine de Saba
- B/ Guenièvre des légendes arthuriennes

À quel personnage féminin vous identifiez-vous le plus ?

- A/ la muse
- B/ la Grande Déesse-Mère

Quel personnage masculin vous attire le plus ?

- A/ le gitan
- B/ le marin

Quel moment préférez-vous ?

- A/ la nuit
- B/ le jour

Vous êtes plutôt :

- A/ source
- B/ océan

Quelle déesse vous fascine le plus ?

- A/ Isis
- B/ Déméter

15 - Le mystère de Lilith

Quel est le groupe de mots qui résonne le plus avec vous ?

- ☆ A/ rébellion, silence, hauteur, anima, sauvagerie, pureté, absolu
- ☆ B/ Terre-Mère, fertilité, flore, calice, naissance, amour

Mots mystères

Retrouvez les planètes et objets célestes cachés dans la grille.

L	N	M	T	M	S	O	K	N	V	G	M	E	Z
I	E	V	A	E	E	A	L	F	Z	S	J	V	C
L	P	X	P	R	L	M	T	Z	F	R	A	E	W
I	T	O	F	C	S	C	R	U	Y	O	N	S	X
T	U	A	U	U	Y	P	A	M	R	B	O	T	H
H	N	A	M	R	E	S	L	H	I	N	E	A	A
E	E	H	S	E	N	A	F	U	Y	H	E	G	F
I	C	P	A	L	L	A	S	A	T	H	E	N	A
I	E	S	O	L	E	I	L	D	V	O	I	I	D
K	R	V	E	P	R	Y	S	N	V	E	N	U	S
K	E	Y	D	S	B	J	U	P	I	T	E	R	E
L	S	R	V	H	J	U	N	O	N	O	N	J	Q
T	E	T	U	R	A	N	U	S	N	S	K	X	Y
L	G	K	L	U	N	E	O	I	H	P	F	H	V

ATHÉNA
CÉRÈS
JUNON
JUPITER
LILITH
LUNE
MARS
MERCURE
NEPTUNE
PALLAS
PLUTON
SATURNE
SOLEIL
URANUS
VÉNUS
VESTA

Chapitre 16

Le cycle des lunaisons

La **Lune** est devenue la reine d'Instagram, elle semble nous envoûter par sa magie et devenir responsable de nos fluctuations émotionnelles et de nos insomnies. La Lune, reine de la nuit, vient surtout nous rappeler le sacré des cycles, de la rondeur et de l'impermanence de nos existences en nous reconnectant à sa sagesse ancestrale.

Pour saisir le **cycle lunaire**, il faut se rappeler qu'il décrit l'histoire d'amour entre la Lune et le Soleil, les deux luminaires. La Lune met 29 jours pour tourner autour de la Terre. Chaque soir, elle reflète une quantité de lumière différente du Soleil. Ses différentes formes que nous pouvons observer dans le ciel correspondent aux différentes phases de la Lune.

Lors de la nouvelle lune, la Lune passe une nuit d'amour avec le Soleil. Elle va au cours de son cycle s'en séparer progressivement, en augmentant son intensité lumineuse pour arriver à culmination lors de la pleine lune, puis commencer à nouveau à se rapprocher du Soleil, car la Lune sait que le désir grandit dans l'absence.

Dès lors, la Lune décrit un cycle suivant une dynamique énergétique de spirale. Elle a un début et une fin mais à chaque fois elle renaît, se renouvelle de l'intérieur et poursuit son chemin à un autre niveau de conscience. Elle a besoin de cet espace de l'astre solaire qui lui permet de refléter sa lumière.

Dans la phase de **nouvelle lune**, le flux de l'énergie solaire/lunaire émerge, le Soleil et la Lune sont réunis, ils célèbrent leur union renouvelée et fécondent une nouvelle graine.

La **lune croissante** : phase de grande force énergétique pour suivre l'impulsion créatrice de la nouvelle lune et ce malgré les résistances qui peuvent surgir.

Le **premier quartier de lune** : l'énergie doit s'installer de manière fixe dans son environnement en consolidant ses racines. L'impulsion dans cette phase est d'agir et de construire une structure qui nous permettra de développer notre intention.

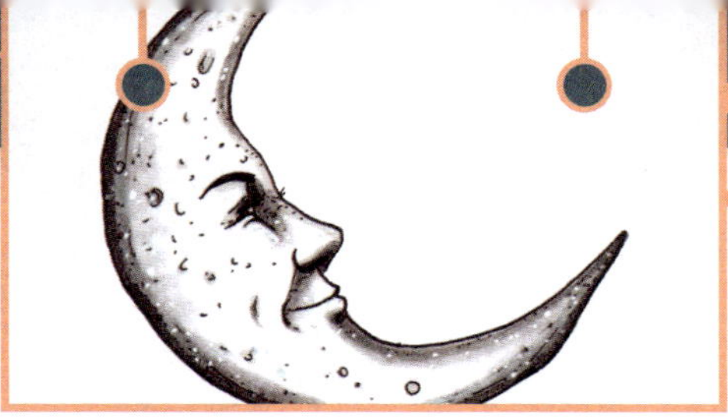

16 - Le cycle des lunaisons

La **pleine lune** : durant cette phase, la Lune et le Soleil ont atteint leur point maximum de séparation et brillent avec prestance dans le ciel. Nous sommes arrivés à l'apogée du cycle depuis la nouvelle lune. Le processus de construction prend fin. Les amoureux se reflètent en miroir, ils peuvent voir avec plus d'objectivité ce qui dans leur nuit d'amour les avait aveuglés par leur passion.

Le **dernier quartier de lune** : dans cette phase, la Lune est moitié illuminée et moitié dans l'obscurité. La lumière commence à diminuer rapidement. Le célèbre astrologue Dane Rudhyar donnait à cette phase le nom de « crise de la conscience » car la crise qui a lieu, au moment de cette phase, n'est pas liée à l'action sinon à la pensée.

Le **dernier croissant de lune** ou Lune obscure : nous sommes arrivés à la fin du cycle. On sent, dans cette obscurité mystérieuse et inquiétante, que le processus de gestation se poursuit. Nous plongeons dans les mystères de la mort et de la renaissance. La Lune devient sorcière, elle se retire en elle-même et elle régénère son flux féminin afin de pouvoir s'ouvrir à nouveau à son union avec le Soleil.

Votre roue des cycles lunaires

Ici, place à votre imagination et à vos fantaisies ! La Lune est là pour vous inspirer à vivre en fluidité avec ses cycles. La proposition est de créer votre propre roue des cycles lunaires pour vous accompagner au fil des lunaisons.

Dessinez un cercle sur du carton ou un matériau solide vous permettant de le garder, découpez ensuite le cercle en 8 phases de mêmes angles, correspondant à chacune des phases évoquées dans la leçon.

Prenez vos crayons de couleurs, vos paillettes, tout ce que vous sentez pour créer une belle roue en l'honneur de la reine de la nuit.

Une fois dessinée, je vous propose d'associer les mots-clés et les actions liées à cette phase lunaire.

Il n'existe aucune vérité sur ce sujet, soyez donc libre de laisser votre intuition vous guider.

Je vous suggère aussi de vous munir d'un journal de lune où vous pouvez écrire vos ressentis à chaque phase lunaire, vos rêves et vos envies. Cela vous permettra au fil du temps d'enrichir cette roue des lunaisons de mots-clés et actions les plus en résonance avec votre relation à la Lune.

N. B. : on est souvent plus sensible à la phase lunaire dans laquelle on est né. Je vous invite à calculer le nombre de degrés entre la Lune et le Soleil, en prenant le Soleil comme point de référence, et en allant ensuite dans le sens inverse des aiguilles d'une montre.

Quelques éléments pour compléter votre roue

Nouvelle lune

Mots-clés : incarner, faire émerger, se projeter.

Actions : imagination créatrice, écriture automatique, méditation, intimité avec soi, rituel…

Lune croissante

Mots-clés : progresser, se dépasser, maintenir l'attention et la constance…

Actions : je cultive avec la bienveillance d'un jardinier la graine semée à la nouvelle lune.

Premier quartier de lune

Mots-clés : agir, construire, donner forme, consolider et s'enraciner.

16 - Le cycle des lunaisons

Actions : je passe à l'action en définissant mon étoile du Nord, j'accepte la crise comme une initiation qui me permet de libérer une nouvelle énergie.

Lune gibbeuse croissante

Mots-clés : analyser, perfectionner, raffiner.

Actions : prendre le temps d'évaluer nos intentions, les polir, créer un autel.

Pleine lune

Mots-clés : récolter, culminer, illuminer.

Actions : je célèbre la vie, la lumière et l'union avec le Masculin et Féminin en moi.

La lune gibbeuse décroissante

Mots-clés : transmettre, diffuser, répandre, distribuer.

Actions : écrire sa vision, la partager avec son entourage, aligner nos pensées avec nos actions.

Dernier quartier de lune

Mots-clés : lâcher prise, réévaluer, réorienter.

Actions : plutôt début de la phase d'inaction, transformer, passer entre les mondes.

Lune obscure

Mots-clés : transformer, imaginer, réinventer, inaction.

Chapitre 17

Les aspects planétaires, les voix de notre théâtre intérieur

Voici la leçon peut-être la moins sexy de l'astrologie et qui est pourtant une pièce maîtresse pour donner vie à notre thème de naissance. Les **aspects** sont la mise en mouvement de notre carte du ciel, ils vont décrire comment les planètes dialoguent entre elles. Si l'on imagine les planètes dans une pièce de théâtre, alors les aspects décrivent la manière dont elles se donnent la réplique : avec tension, avec douceur, avec fluidité, ou dans l'extrême s'ignorer.

Les cinq aspects traditionnels

La conjonction (aspect rouge) (360° divisé par 1)

La conjonction est l'aspect où la distance entre deux planètes est de 0° +/- 10 degrés d'orbes. Elle représente pour Luc Bigé le point semence, la graine contenant l'ensemble de l'information. C'est un aspect indiquant une certaine intensité : un thème du ciel disposant de nombreuses conjonctions peut être la signature d'un destin original mais aussi être source de nombreux débordements et déséquilibres.

L'opposition (aspect rouge : 360° divisés par 2)

L'opposition : deux planètes sont en aspect de 180° (la moitié de 360 degrés). Une opposition entre deux planètes dans un thème met le natif face à une impression de dualité entre les deux champs d'expériences proposés par les planètes ou les maisons. L'initiation de l'opposition pourrait être la voie du milieu des bouddhistes, apprendre à danser entre ces deux pôles de vies vécus comme séparés et réunir les opposés.

Le trigone (360° divisé par 3)

Les planètes forment un angle de 120°, souvent entre signes du même élément : il y a donc une affinité, une fluidité entre les énergies. C'est un aspect dit harmonieux car les voix planétaires se font échos, se répondent et se comprennent.

17 - Les aspects planétaires, les voix de notre théâtre intérieur

Le carré (360° divisé par 4)

Les carrés ont quant à eux mauvaise presse. Ils décrivent en effet une tension intérieure, le natif se sent pris entre les deux énergies des planètes qui forment le carré. Ils se donnent entre deux planètes de la même modalité ou des éléments de compatibilité difficile (Terre/Air, Feu/Eau, Feu/Terre, Eau/Air).

Le sextile (360° divisé par 5)

Le sextile est souvent estimé tant en transits que dans la vie d'un individu. Pourtant, il peut être très favorable, mais il demande un petit effort. Les deux planètes qui le composent sont souvent dans des signes qui peuvent se plaire ; elles ne sont certes pas dans la même fluidité qu'un trigone, mais elles peuvent facilement s'entendre en combinant leurs différences pour agencer leurs potentiels.

Singleton

Comme son nom l'indique, il s'agit d'une planète célibataire dans le sens où elle ne forme aucune relation par aspects avec les autres planètes du zodiaque. Contrairement à ce que l'on pourrait croire, cela ne fait qu'amplifier sa voix, sa fonction s'en voit même accentuée. En fait, elle jouit d'une grande liberté car personne n'est là pour lui donner la réplique. Elle est se manifeste surtout lors de transits importants.

Les répliques du théâtre intérieur

Imaginez Mars et Venus sur scène, les amants cosmiques. Je vous invite à relire les leçons sur ces deux planètes.

Essayez d'imaginer leurs dialogues en fonction des aspects planétaires qu'ils forment entre eux. Par exemple, leur défi est d'aligner le désir vénusien avec la mise en action martienne au sein d'une relation amoureuse.

Vénus et Mars conjoints en Taureau

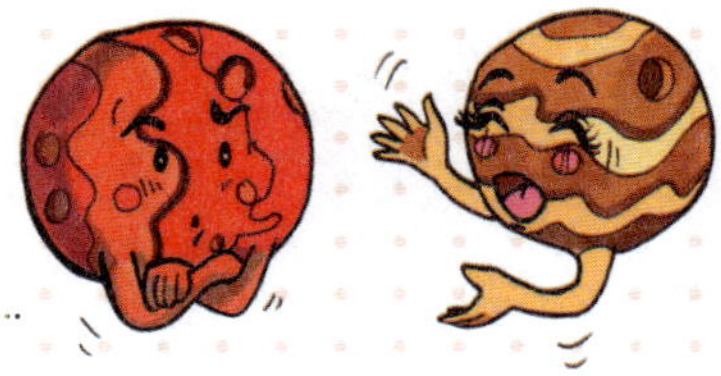

....

....

....

Vénus et Mars en opposition avec Vénus en Taureau et Mars en Scorpion

....

....

....

Vénus et Mars en carré avec Vénus en Taureau et Mars en Verseau (carré croissant)

....

....

....

Mots croisés

HORIZONTAL

3 Angle de 90° entre deux planètes.

4 Unité.

5 Plusieurs planètes en conjonction.

6 Relation des planètes entre elles.

9 Distance entre deux planètes.

10 Angle de 180° entre deux planètes.

12 Angle de 120° entre deux planètes souvent dans le même élément.

VERTICAL

1 360.

2 Planète célibataire.

7 Père fondateur des aspects.

8 Angle de 0° entre deux planètes.

11 Angle de 60° entre deux planètes.

17 - Les aspects planétaires, les voix de notre théâtre intérieur

Corrections

1 - Le mandala du zodiaque

Mots croisés des notions clés

2 - Les signes du zodiaque : les qualités d'énergie

Couples opposés

Axe 2 : Taureau/ Scorpion

Le **Taureau** représente l'amour, la jouissance des biens matériels au travers du contact avec la terre, la simplicité, la physicalité...Il est équilibré par le Scorpion qui représente la passion, la fusion, l'échange sexuel... Car comme nous l'avons évoqué précédemment, que serait la jouissance des biens matériels si nous ne prenions conscience qu'ils sont constitués d'une énergie cosmique qui nous relie les uns aux autres ?

De même, qu'aurions-nous à mettre en commun (Scorpion) si nous ne préservions pas nos biens personnels ?

Axe 3 : Gémeaux/Sagittaire

Les **Gémeaux** nous parlent de la dualité des contraires et surtout du mouvement qui nous fait aller d'un pôle à l'autre, ils expriment cette qualité d'ouverture envers la vie et autrui, ces qualités de communication, d'être porteur d'une information en prenant en compte autant le contenu que le contenant. Or cette curiosité, cette soif d'apprendre des Gémeaux doit être équilibrée par le Sagittaire, car sinon elle devient accumulation de savoir sans jamais intégrer ou vivre l'information que nous avons apprise. Le Sagittaire décrit comment nous transformons des apprentissages de vie en expérience. Quelle place nous donnons à notre intuition dans la création de notre système de croyances. Les Gémeaux équilibrent le Sagittaire dans le sens où ils l'invitent à cultiver l'ouverture, l'échange pour ne pas s'enfermer dans une sphère d'idéaux dogmatiques et intolérante à tous points de vue contraires.

Axe 4 : Cancer/Capricorne

Le **Cancer** évoque des qualités de douceur, la relation fusionnelle et nourricière entre la mère et l'enfant. L'énergie du Capricorne qui souhaite s'élever, conquérir la matière vient nous aider à nous prendre en charge, à développer l'adulte en nous pour devenir responsable de notre propre vie et assumer nos choix et décisions. Cependant, sans la douceur du Cancer, l'énergie du Capricorne deviendra froide, autoritaire ; elle peut devenir si rigide qu'elle en oublie la douceur, de se faire du bien, de prendre soin de l'autre et de ses besoins pas seulement matériellement mais aussi émotionnellement.

Axe 5 : Lion/Verseau

La quête du Graal (associé au **Lion**) ou de nombreux héros solaires dans ce mythe est symbolique de la signification profonde de cet axe de vie. En effet, le héros part en quête de lui-même ou de l'élixir d'immortalité, c'est une quête solitaire, individuelle où l'une des qualités premières est la noblesse de cœur. Une fois le trésor du Soi trouvé, le héros retourne à sa communauté pour partager. Il met sa réalisation personnelle au service du collectif. De même, combien d'engagement pour une cause collective masque en fait une fuite de soi-même, une fuite de la quête de sa propre identité et authenticité.

Ces signes nous parlent aussi du besoin de reconnaissance. Le Lion cherche à briller et être reconnu pour ses dons, ses talents singuliers alors que le Verseau cherche cette reconnaissance dans une activité désintéressée au service du collectif. Cet axe nous invite à trouver dans notre cœur le lieu de notre authenticité pour ensuite pouvoir poser des actes en cohérence avec ce mouvement spontané du cœur.

Axe 6 : Vierge/Poissons

La **Vierge** décrit cette qualité de l'attention à l'infiniment petit alors que les Poissons nagent dans l'océan. C'est cet équilibre que décrit cet axe entre notre petite individualité et l'infiniment grand du cosmos. La Vierge nous rappelle notre individuation de devenir qui on est, étape préalable au sacrifice de l'ego (Poissons) évoqué ou interprété dans les traditions spirituelles comme la cause de la souffrance.

Cet axe nous rappelle aussi que la routine peut être transformée en rituel afin de nous connecter dans notre quotidien au sentiment du divin et de l'appartenance au Grand Tout. Il nous dit aussi que le spirituel peut être un « bypass » pour nous échapper de nos obligations quotidiennes ou tout simplement des besoins de notre corps.

3 - Les signes du zodiaque : la quête alchimique des signes

Associer les mythes aux signes correspondants

1. Le Cancer. Il ne s'agit pas ici de la vision traditionnelle du mythe qui nous le présente comme un narcissique tombant amoureux de son reflet. Dans un sens plus profond, ce mythe est une ode à la quête intime de l'être qui se construit dans sa capacité à symboliser son être au travers de la connaissance du monde des images.

2. La Balance. Orphée séduit les dieux par ses talents artistiques. Il charme par son chant et sa musique, même Hadès accepte sa requête de sauver Eurydice du monde des Enfers, à l'unique condition de ne pas se retourner. Orphée se retourne et Eurydice disparaît. Enflé par l'amour qu'il a de lui-même, Orphée doit pourtant faire l'expérience de descendre dans ses ombres pour découvrir la vérité de son être et s'ouvrir à un amour au-delà de l'objet d'amour.

3. Le Bélier. Ce mythe décrit la quête du héros Jason qui doit braver de nombreux défis pour trouver cette Toison d'or, aidé des argonautes.

4. Le Scorpion. Dans ce mythe, le docteur Faust invoque les forces obscures de Méphistophélès. Ce mythe décrit ce personnage enfermé dans sa volonté de puissance et de connaissance. Il est aveugle à la pensée symbolique et aux avertissements de son inconscient car il est enivré de la puissance qu'il tire de son pacte diabolique.

5. Le Taureau. Cet animal est un emblème dans toutes les religions et les cultures de la fécondité du féminin. L'ère du Taureau -4284 à -2138 avant J.-C. correspond au développement des sociétés agricoles ainsi que les cultes matriarcaux à la Grande Déesse.

6. Les Poissons. Protée est le gardien des phoques de Neptune. Il a le don de médiumnité, mais refuse ce don. Dès que quelqu'un s'approche pour recourir à ses talents, il change de forme. Il doit être terrassé et enchaîné à terre pour pouvoir accepter son don.

7. Le Lion. La noblesse du cœur des chevaliers de la Table ronde des légendes arthuriennes était une valeur clé pour trouver le Graal. Le Lion a souvent besoin de partir dans une quête solitaire pour aller trouver son trésor et revenir dans la communauté (le royaume) pour partager ce qu'il a trouvé.

8. La Vierge. Cérès ou Déméter est la déesse du Grain et de la Moisson. Sa fille Perséphone est un jour capturée par Hadès le dieu des Enfers alors qu'elle cueillait des narcisses. Mère et fille se laissent mourir de faim, séparées, Déméter errant à la surface du globe. Déméter découvre enfin que sa fille est dans les Enfers, mais elle a déjà consommé les grenades offertes par Hadès et symbole de son union consommée. Perséphone deviendra alors la Reine de l'Invisible et pourra se réunir avec sa mère six mois dans l'année, pour célébrer le retour du printemps. Ce mythe était utilisé par les anciens pour décrire l'alternance des saisons à un niveau profond, il nous parle des rites initiatiques de passage, de la relation entre mère et fille. Au niveau psychologique, il est très lié aux troubles du comportement alimentaire.

9. Le Sagittaire, qu'on retrouve dans le mythe d'Ulysse, le héros qui doit partir à la conquête de territoires lointains pour se retrouver lui-même. Il doit subir douze épreuves initiatiques, dans la tradition ésotérique, chacun de ses travaux représente un signe du zodiaque.

10. Le Verseau. Prométhée vole le feu sacré pour illuminer l'humanité. La difficulté dans ce mythe réside dans le dilemme prométhéen : est-ce que ses idées visionnaires vont servir l'humanité ou au contraire l'assécher de l'amour au profit du règne de la raison ?

11. Le Capricorne. Tous les mythes se rapportant à la sagesse des anciens, des ermites, des moines qui ont souvent fait le choix de se retirer du monde, de jeûner, de suivre une voie ascétique.

12. Les Gémeaux. Tous les couples de jumeaux viennent évoquer le signe du Gémeaux. Dans le mythe de Castor et Pollux, Castor meurt et Pollux négocie auprès de Zeus de troquer son immortalité pour permettre à son frère de survivre. Il est finalement statué que les deux frères passent alternativement six mois sur terre et six mois aux Enfers.

Personnages célèbres

Audrey Hepburn : Taureau, la beauté, l'élégance et la métaphore avec la fleur.

Madonna : Lion, la célébrité, la star, la reine.

Gandhi : Balance, l'importance de la paix et de l'harmonie, le message de sa vie est un exemple du niveau le plus initiatique du signe de la Balance.

Frida Kahlo : Cancer, l'importance de l'image, donner forme à son intériorité dans son œuvre.

Mark Twain : Sagittaire, le besoin du Sagittaire de dépasser les limites du connu.

Oprah Winfrey : Verseau, on voit ici la notion d'autonomie.

Tolkien : Capricorne, on voit Saturne le régent du Capricorne et son symbole des anneaux, la grande conjonction Pluton/Saturne qui s'est donnée en Capricorne le 12 janvier 2020 est associée par certains astrologues aux films du *Seigneur des anneaux*.

Mots croisés

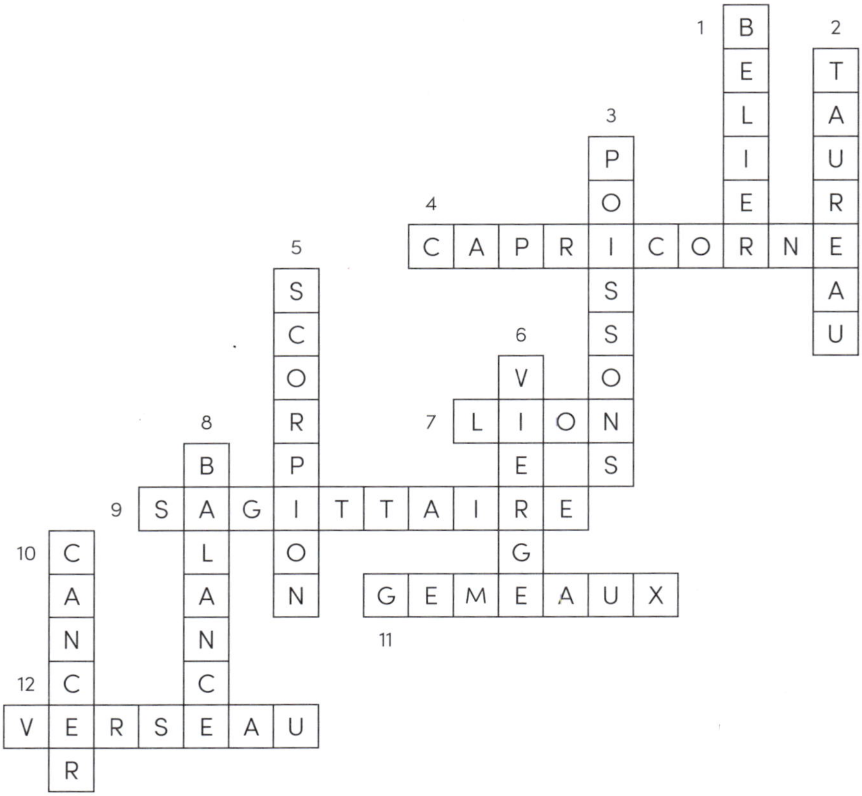

4 - Les Maisons : le théâtre intérieur

Mots-clés pêle-mêle

Maison I : image personnelle, persona, spontanéité, siège du pneuma (esprit).

Maison II : argent, estime, propriété, talents artistiques, plaisir.

Maison III : communication, écriture, voisins, fraterie.

Maison IV : famille, héritage, temple sacré, racines.

Maison V : enfants, créativité, romance.

Maison VI : hygiène de vie, rituels, service.

Maison VII : partenaires, contrats, mariage et divorces.

Corrections

Maison VIII : relations intimes, ressources partagées, compréhension profonde, héritage, sexe, union, amour, morts, secrets et mystères, ésotérisme.

Maison IX : systèmes de croyance, quête de vérité, idéaux humains, religion et philosophie, voyages, hautes éducations, métaphysiques, liberté d'explorer de nouvelles idées.

Maison X : profession, carrière, vocation, figures d'autorité, réputation, lois, code moral, ambition, statut social.

Maison XI : amis, idéaux humains, militantisme, communauté, idées démocratiques, cercles sociaux, activité sociale, espoirs et buts, groupes.

Maison XII : inconscient collectif, rêves, spiritualité, transcendance, prisons, asiles, art, isolation, retraite.

A	E	I	V	E	D	E	N	E	I	G	Y	H	L	I	B	E	R	T	E
P	O	P	K	W	W	L	O	G	L	A	R	O	M	E	D	O	C	V	X
P	J	O	L	E	F	C	C	E	T	I	V	I	T	A	E	R	C	X	F
F	M	S	V	J	N	A	E	T	I	R	O	T	U	A	I	Q	A	O	A
N	Y	S	K	E	H	E	M	S	I	T	N	A	T	I	L	I	M	Q	M
S	E	E	D	I	S	E	L	L	E	V	U	O	N	S	M	E	U	N	I
A	G	S	J	P	C	U	O	I	D	E	A	U	X	L	N	F	E	O	L
M	Y	S	E	L	O	V	W	V	S	S	B	S	X	O	O	R	N	I	L
B	P	I	C	A	M	O	F	F	E	O	C	E	H	I	I	A	P	G	E
I	H	O	A	I	M	Y	C	V	R	T	R	U	T	S	T	T	U	I	P
T	I	N	R	C	U	A	T	I	I	E	E	Q	Q	N	A	R	D	L	R
I	L	S	T	O	N	G	H	T	A	R	P	I	S	O	C	I	E	E	O
O	O	P	I	S	A	E	E	A	N	I	U	S	E	I	I	E	G	R	F
N	S	E	S	T	U	S	R	L	E	S	T	Y	R	T	N	R	E	A	E
U	O	R	T	U	T	B	I	I	T	M	A	H	E	A	U	E	I	R	S
N	P	S	I	T	E	D	T	T	R	E	T	P	T	C	M	I	S	G	S
I	H	O	Q	A	A	A	A	E	A	L	I	A	S	O	M	R	T	E	I
O	I	N	U	T	U	R	G	I	P	C	O	T	Y	V	O	R	Q	N	O
N	E	A	E	S	T	N	E	L	A	T	N	E	M	R	C	A	V	T	N
G	C	H	S	H	S	N	I	S	I	O	V	M	P	C	V	C	F	M	S

5 - Comprendre nos mécanismes lunaires

Devinez le signe lunaire en fonction du besoin affectif, de son ombre et du talent de chaque Lune

1. Lune en Taureau. C'est une Lune sensuelle, érotique et souvent, dans la vie adulte, l'argent est perçu comme de l'affection, la nourriture comme une sécurité, la sensualité comme une protection. Le talent de cette Lune est d'être dotée d'une grande douceur, simplicité. Elle est affectueuse et tranquille. Elle peut comprendre en profondeur les besoins d'autrui.

2. Lune en Bélier. C'est en effet une lune active voire hyperactive, qui associe l'affection aux gestes et aux actes qu'elle pose. Elle peut parfois se sentir prisonnière de situations de disputes, altercations pour défendre son indépendance. Elle y trouve cependant un certain confort qui lui permet de sentir aimée.

3. Lune en Capricorne. Son grand besoin de solitude naît aussi d'une injonction d'autosuffisance dans son enfance, où les contacts physiques et affectifs étaient d'ailleurs souvent froids ou absents. Dans sa vie d'adulte, il pourra alors se vivre comme un être mûr, autonome, responsable qui n'a besoin de personne alors qu'en réalité il répète le mécanisme acquis dans l'enfance. Cependant on ne peut nier que une fois le mécanisme observé, la Lune en Capricorne a vraiment une capacité d'ermite et à se suffire à elle-même.

4. Lune en Verseau. Le besoin de liberté de cette Lune est aussi parfois une fuite face à une grande angoisse due à la discontinuité affective vécue enfant. Le natif peut alterner entre le besoin de se sentir sans attaches et l'angoisse du vide qu'il ressent. Sa réponse la plus commune est de se déconnecter de ses émotions, de prendre de la distance avec le groupe et les liens affectifs. Les talents de cette Lune sont sa très grande spontanéité et sa liberté dans les liens ; elle peut vraiment créer des relations hors normes dans le respect des êtres.

5. Lune en Sagittaire. Dès l'enfance, elle est souvent habituée aux grandes espaces avec souvent une ambiance d'abondance, non seulement économique mais aussi affective, bienveillante. Le mécanisme de la Lune en Sagittaire, qui se met en place, se traduit par une propension à idéaliser les situations lui procurant des sensations de liberté (voyages, grands espaces) et dans le même temps à nier ses sensations émotionnelles. Le talent de cette Lune est un grand optimisme, une vitalité et confiance en la vie.

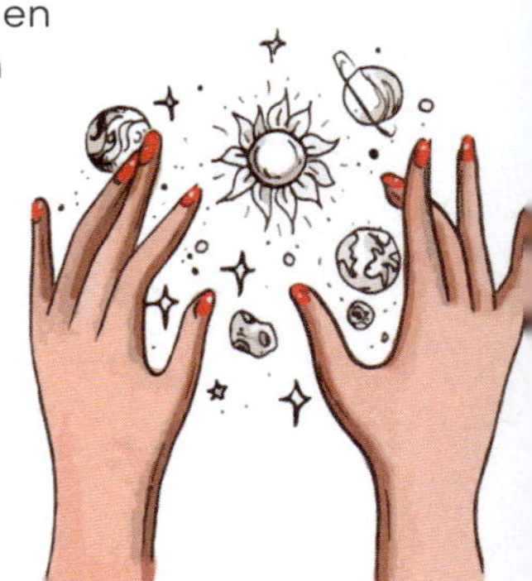

6. Lune en Poissons. Elle garde depuis l'enfance cette nostalgie des eaux du ventre maternel, et même dans ses moments de solitude ou de rêverie, elle est encore connectée à ce lieu idéal grâce au cordon ombilical invisible... Ce sont des lunes hypersensibles. Il peut y avoir aussi dans la vie d'adulte un refuge dans la mélancolie

comme rester dans le pays dont l'on ne revient jamais, en quelque sorte le syndrome de Peter Pan, une difficulté à grandir et à affronter un monde d'adulte rigide et structuré. Le talent principal de cette Lune est celui de comprendre en profondeur et avec une sensibilité extrême les besoins d'autrui.

7. Lune en Gémeaux.L'affectif pour un natif de la Lune en Gémeaux passe au travers du mot, du livre, de l'intelligence. Le paradoxe de cette Lune qui est aussi commun aux lunes aériennes (avec la Balance et le Verseau), est que, plus elle pense s'ouvrir en expliquant rationnellement par exemple son vécu émotionnel, plus en réalité elle se ferme à d'autres dimensions de son être. Il est aussi fréquent de la voir se dédoubler sous stress, en faisant plusieurs choses à la fois.

8. Lune en Scorpion. Le natif a un besoin profond de fusion avec l'autre, néanmoins son défi réside dans l'ambivalence qui naît de cette envie d'union intense. Il a ainsi peur d'être absorbé, de se détruire et de se perdre dans autrui. Il a une conscience aiguë des processus de vie et de mort qui sont inséparables. Dans son inconscient reste gravé que ce qui peut donner la vie peut aussi la retirer, ce qui nourrit peut aussi être toxique. Dès lors qu'un de ses défis qui en fait aussi son talent est d'accepter d'être un passeur entre les mondes telle Perséphone, et d'accepter cette ambivalence de la vie.

Mots cachés

I	Y	E	I	R	E	V	E	M	E	M	O	I	R	E
I	N	T	U	I	T	I	O	N	G	Z	B	D	Q	Z
H	P	N	G	U	A	R	T	E	M	I	S	I	Y	F
N	Y	Q	O	P	O	G	R	S	C	L	U	P	R	Q
K	N	N	C	P	Q	F	Q	Q	D	O	R	I	S	I
Y	A	Q	S	E	N	S	I	B	I	L	I	T	E	M
A	X	M	T	O	A	H	E	C	A	T	E	I	A	H
A	Z	H	R	I	S	E	L	E	N	E	D	L	X	Y
Q	V	P	A	N	I	M	A	U	G	A	C	L	M	W
I	X	X	D	H	Y	E	N	F	A	N	C	E	A	Z
I	M	A	G	I	N	A	T	I	O	N	S	L	T	L
Y	L	T	P	S	P	P	L	P	H	E	X	R	R	C
O	T	U	R	D	I	A	N	E	W	R	W	L	O	V
B	Q	I	X	C	H	E	L	C	F	Y	T	S	Z	G
H	W	Z	J	I	F	W	T	Z	K	U	M	O	S	L

Artémis, déesse lunaire amazone de la chasse et des bêtes sauvages.

Hécate, déesse obscure de la Lune.

Diane, déesse lunaire Vierge.

Anima, partie féminine de la psyché masculine.

Ixchel, déesse maya lunaire.

Séléné, déesse lunaire de la Pleine Lune.

6 - Le Soleil, le Roi Soleil

Le labyrinthe de la quête solaire

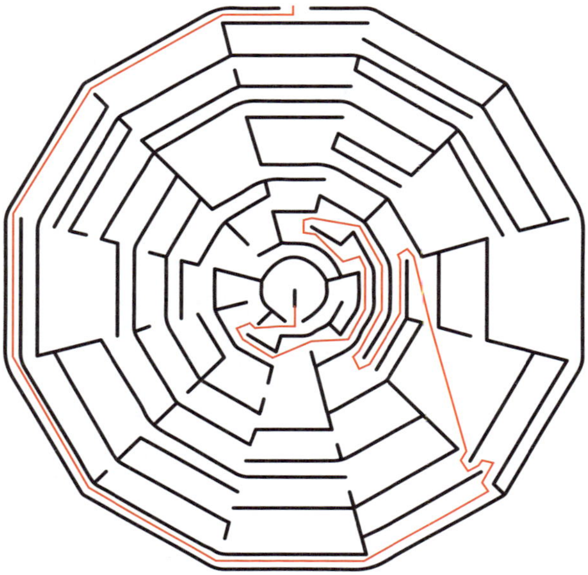

Filmographie solaire

1. Le Bélier ainsi que tous les films de héros.
2. La Balance ainsi que tous les films sur les relations amoureuses.
3. Le Verseau avec les films futuristes ou les films de héros rebelles.
4. La Vierge.
5. Le Lion avec la mise en avant de la noblesse du cœur, et l'innocence de l'enfance.
6. Le Capricorne avec l'ambition démesurée.
7. Les Gémeaux avec la problématique de fratrie.
8. Le Cancer, sur la sensibilité, l'appartenance, l'enfance.
9. Les Poissons avec ces univers magiques et imaginaires.
10. Le Scorpion ainsi que tous les films sur l'espionnage.
11. Le Sagittaire avec l'aventure dans les pays lointains pour Indiana Jones et l'esprit jupitérien de la bande d'amis dans *Les Petits Mouchoirs*.
12. Le Taureau, avec la mise en avant des sens.

7 - L'Ascension, le chemin

Exercice 1

L'Ascendant Vierge. Dès l'enfance, le natif se confronte à un environnement réduit, avec de nombreuses restrictions. Il doit alors apprendre à développer des habiletés qu'il n'aurait peut-être pas pu explorer si son environnement avait été plus fluide. Il est aussi fréquent de rencontrer des maladies chroniques dans l'enfance. Le défi de cet Ascendant est de comprendre son rôle dans le fonctionnement de la totalité du système dans lequel il s'insère.

L'Ascendant Bélier. Il peut grandir dans un environnement très compétitif, indépendant et pionnier. Il a souvent la sensation que la vie se fait très rapidement, qu'il doit sans cesse ouvrir de nouveaux chemins en ne comptant sur personne, ce qui le pousse à un chemin de pionnier. Son défi est de découvrir ses désirs et d'assumer sa destinée de pionnier.

L'Ascendant Poissons. Ils sont hypersensibles et il leur est souvent très difficile d'émerger en tant qu'individus différenciés du grand océan cosmique dans lequel ils se sentent plongés. Leur initiation est de pouvoir symboliser le monde qui les entoure pour comprendre l'information que leur sensibilité capte et ainsi pouvoir naviguer dans ce plan terrestre.

L'Ascendant Verseau. Le défi de cet Ascendant est de se libérer de tous les conditionnements et de la quête de se sentir appartenir. Ils naissent souvent avec ce sentiment de venir d'une autre planète, de toujours être différents ou le vilain petit canard. Ils sont en quête d'une terre promise où ils pourraient se sentir identifiés. Leur initiation est de se rendre compte que là où ils se trouvent est le lieu juste, d'entrer en lien avec leur environnement de manière créative en honorant leur singularité.

L'Ascendant Taureau. Il va être confronté à toutes les expériences l'amenant à habiter son corps. On pourrait prendre l'image d'un artiste sculpteur qui a, face à lui, une pierre et qui doit tailler sa vie dedans. L'Ascendant Taureau peut parfois lutter contre cette matière et pourtant il doit l'apprivoiser pour en faire une œuvre d'art. Son initiation est d'apprendre la sagesse des cycles naturels, que la vie répond à des processus vitaux qui ont leur propre inertie. Ils doivent apprendre à faire circuler l'argent et leurs possessions, la nourriture en eux malgré les résistances que la réalité leur oppose.

L'Ascendant Lion. C'est un Ascendant complexe. Souvent, le natif dans son enfance se sent en quête d'une place dans sa famille, soit parce d'autres (un frère, une sœur) prennent beaucoup de place – il va alors chercher à se démarquer –, soit parce qu'il reçoit beaucoup d'attention s'il agit d'une certaine manière – il deviendra alors prisonnier de cette image qui lui confère les applaudissements de son entourage. Son défi est de trouver son rayonnement authentique sans dépendre autant du miroir ou de l'approbation d'autrui. Ce sont souvent les expériences d'amour qui lui ouvrent le cœur.

L'Ascendant Capricorne. Son initiation est celle de retrouver la spontanéité perdue dans l'enfance, de se délester des poids de sa généalogie et des injonctions ou circonstances qui l'ont amené à devenir si responsable et mature.

L'Ascendant Scorpion. Son initiation est celle de comprendre la douleur physique et psychique. Son grand défi est de ne pas prendre pour lui ce qu'il capte de son environnement avec une hyperlucidité. Il lui est demandé de transcender les antagonismes, pour libérer l'énergie. Cela se produit souvent au travers de rencontres intenses et transformatrices.

Mots croisés des Ascendants

8 - Démystifier Mercure rétrograde

Quiz

A. Ça dépend. Il est préférable de ne pas signer de contrats lors de Mercure rétrograde, car pour les anciens cela pouvait induire une issue défavorable aux contrats signés. Cependant, il est plutôt conseillé en cas d'impossibilité de faire autrement d'être très attentif à toutes les clauses du contrat et faire vérifier la validité légale du document par plusieurs personnes.

B. Ça dépend le but de la conférence. Si la conférence a pour but d'informer le public, il est possible que l'attention de l'auditoire ne soit pas au beau fixe (*dixit* Luc Bigé, *Planètes rétrogrades, terres intérieurs*, Éditions de Janus, p. 66). En revanche, si l'intention de la conférence est de faire changer de regard ou de proposer une libération de certains schémas de pensées, c'est plus favorable.

C. Vrai. Mercure rétrograde est favorable à clarifier toute situation passée. Par ailleurs, comme il permet aussi d'être plus en contact avec sa vérité intérieure, les explications peuvent être plus claires et plus authentiques.

D. Faux. Il est déconseillé de faire l'acquisition de nouveaux équipements liés à la communication.

E. Faux. Il est plus favorable de laisser ce passage dans le monde de l'invisible nous inspirer et écrire cette idée, pour lancer le projet au moment où Mercure rétrograde redevient direct.

F. Ça dépend. Il est très fréquent que lors de Mercure rétrograde, le spleen ou la nostalgie de nos relations passées nous envahissent, et que l'envie nous prenne de reprendre contact avec un amour passé. Ce n'est pas forcément négatif si l'intention est de pouvoir fermer une relation ou proposer une opportunité de s'expliquer sur ce qui n'a pas été compris par le passé.

G. Ça dépend. Il faut juste vous assurer que la perssone en a bien terminé avec son ex et vous avec le vôtre.

H. Vrai. Il est intéressant voire recommandé lors de ce transit de faire de la place, de laisser les vieux habits qui ne nous correspondent plus, et d'en acheter des nouveaux au moment du retour direct de Mercure.

I. Vrai. Mercure rétrograde est favorable à reprendre des processus intellectuels qui avaient été laissés de côté.

J. Vrai. C'est même très fortement recommandé pour accompagner ce processus de compréhension profonde. Peuvent être mis en lumière nos schémas répétitifs, la rétrogradation d'une planète permet aussi de libérer des mémoires profondes.

K. Vrai. Il faut sept ans pour qu'une plage de rétrogradation revienne sur sa position d'origine, c'est-à-dire que Mercure rétrograde aura presque parcouru l'ensemble des degrés du zodiaque sur cette période. L'astrologie était un langage de correspondance et corrélation. Il peut y avoir un lien entre les personnes et situations rencontrées sept ans auparavant.

L. Vrai. Mercure rétrograde est favorable à la révision d'anciens écrits ou mémoires du passé.

M. Faux. Mercure rétrograde est une période plutôt favorable à l'introspection, et rentrer en soi au travers de la méditation ou de la pratique du silence.

N. Vrai. Mercure rétrograde est propice aux activités permettant de reprogrammer notre système nerveux et de changer nos mauvaises habitudes.

9 - Vénus, la muse amoureuse

Quel est le signe de ces personnalités et artistes ?

Steve Jobs avec Vénus en Capricorne. Vénus responsable, intègre, qui a le sens de l'engagement et prend sa vie émotionnelle avec sérieux. Elle peut parfois être partagée entre l'envie d'être avec l'autre et un grand besoin d'autonomie et de solitude. Elle peut parfois sembler inaccessible.
Pour exprimer ses sentiments, elle a besoin d'être sûre de ceux-ci. Elle a aussi besoin d'avoir une très grande confiance en la personne aimée.
Elle a aussi besoin que les relations émotionnelles grandissent, lui permettent de mûrir et d'apprendre de la vie avec sagesse.

Antoine de Saint-Exupéry avec Vénus en Cancer. Dans ce placement, elle protège le trésor de l'amour, la graine dans une enveloppe (la métaphore de Saint-Exupéry l'explicite très bien). Traditionnellement, elle s'épanouit au sein du foyer et de la vie familiale, mais sur une octave supérieure, elle a besoin de se réfugier dans son temple sacré dont la maison peut être l'enveloppe extérieure.
Ses valeurs sont le reflet de ses attachements émotionnels. Elle est très sensible et à l'écoute des émotions d'autrui. Elle est tendre, d'une bonté et d'une gentillesse innées. Elle peut parfois chercher un refuge et devenir dépendante d'une situation affective, de son foyer ou d'un groupe spirituel qui lui donnera la protection maternelle.

Rodin avec Vénus en Sagittaire. Dotée d'un grand optimisme, c'est une voyageuse, une passionnée mais aussi une chercheuse de sens. Elle est habitée de grands idéaux. Il lui est parfois plus facile de fuir dans le monde de l'imaginaire, de l'idéal plutôt que d'expérimenter l'intimité avec une personne en chair et en os.

Madonna avec Vénus en Lion. Elle a besoin d'exprimer son individualité, de sentir son cœur qui peut briller, rayonner et illuminer les personnes qui se trouvent autour d'elle. Dans l'excès, elle va dépendre constamment de l'approbation d'autrui. Elle a besoin d'idéaliser ses partenaires en les mettant sur un piédestal, support d'une intense projection émotionnelle (Luc Bigé). Elle peut avoir tendance à dramatiser ses relations émotionnelles en souffrant d'une passion amoureuse blessante.

Grace Kelly avec Vénus en Balance, amoureuse de l'harmonie, de l'esthétique, parfois penchée sur le luxe, les belles choses. Elle a besoin d'échanger avec autrui et de se savoir aimée et appréciée. Elle est souvent soucieuse de plaire, d'avoir une apparence physique harmonieuse, mais a aussi un parler diplomate et plaisant. Elle peut d'ailleurs oublier son propre désir dans celui de l'autre et être tellement dans la séduction qu'elle y met de côté ses propres valeurs.

Jim Morrison avec Vénus en Scorpion. C'est ici une Vénus magnétique dotée d'une aura sensuelle, érotique voire sexuelle. Elle est passionnée dans ses relations amoureuses, ce qui peut aussi parfois la conduire à expérimenter de la manipulation ou des jeux de pouvoirs. Pour elle, l'amour et la sexualité sont liés, et elle est amenée à explorer le monde des énergies invisibles et magnétiques.

Salvador Dali avait Vénus en Taureau, d'où l'analogie avec la nourriture. Dans ce signe, elle est une ode aux cinq sens, une amoureuse des plaisirs qu'offre la matière de la sensualité des corps et de la nourriture. Elle se laisse aller à des contemplations au grand air. Elle peut aussi avoir un versant plus matérialiste et avoir besoin de consommer pour se sentir rassurée ou aimée. Le signe peut être vécu dans son énergie la plus basse qui tombe dans du matérialisme pur ou bien s'élever dans l'octave de la muse gardienne des mystères des éléments.

10 - Mars, le chevalier, le gardien du Soleil

Quiz

A/ Mars en Taureau : son feu s'exprime dans une force tranquille qui semble habiter ces mouvements les plus infimes. C'est un guerrier pacifique, gardien des élémentaux et du jardin de Gaïa. Il est lent dans ces mouvements et dans sa prise de décision. Il rumine lorsqu'il ne sait pas se décider, il peut parfois se laisser séduire par la force d'inertie et l'immobilisme, préférant la sécurité du connu à l'appel du large de nouvelles aventures. Le Taureau régit la voix. L'expression de la voix leur donne leurs célébrités : Madonna, Michael Jackson, Céline Dion.

B/ Mars en Balance : c'est le guerrier diplomate du zodiaque, il utilise son feu pour maintenir l'équilibre entre les êtres, pour trouver une solution pacifique au conflit. Il est souvent hésitant avant de sortir son épée, il ne tranche que rarement. Il est doté aussi d'un goût pour des actions créatrices de beauté et d'harmonie.

C/ Mars en Bélier : son feu s'exprime au travers du combat, il est stimulé par la compétition. Doté d'une force naïve qui le pousse à reculer les limites du danger, il aime prendre des risques, il fonce sur son passage sans se préoccuper de ce que les autres attendent de lui. Il agit souvent sans mesurer les conséquences de ses actes. Dans son ombre, il devient impulsif, égoïste et réactif, ses rages peuvent s'exprimer par des actes parfois violents. Il ne mesure pas sa force.

D/ Mars en Cancer : son feu s'exprime comme gardien du foyer, il aime créer des formes nourricières pour lui et pour ses proches, il construit un lieu de vie sécurisé et ses actions sont conditionnées par ses sentiments. C'est un veilleur, il anticipe toutes menaces extérieures pouvant remettre en cause la sécurité de son intimité. Il a du mal à agir hors de la matrice nourricière et se montre parfois violent à l'égard de ce qu'il aime.

E/ Mars en Gémeaux : son feu s'exprime dans son mental agile, il aime les défis intellectuels et relationnels. Son champ de conquête est celui des idées, il aime se déplacer dans la rue, dans son quartier, en quête de nouvelles expériences sociales. Il est en quête de sens, il observe son environnement pour tenter de tisser le fil rouge de son existence, mais parfois il se disperse, il se perd dans ses multiples relations et activités, il doute et la bataille devient intérieure dans sa tête.

F/ Mars en Poissons : son feu est mystique, il cherche dans chacune de ses actions la transcendance et à s'élever au-dessus de la matière. Il se perd dans les labyrinthes des mystères de la vie, son action peut aussi bien être inspirée par les synchronicités de l'existence que par une confusion générée par sa très grande perméabilité à son environnement. Il puise sa force de sa connexion au sacré, au divin, tout comme il peut s'épuiser à force de se modeler à son environnement.

G/ Mars en Lion : son feu s'exprime comme puissance créative, il se sent investi d'une mission solaire. Il irradie la confiance en soi et aime s'investir dans des projets d'envergure qui viendront refléter sa puissance créatrice. Il aime agir pour être au centre, il se perd parfois dans son besoin de reconnaissance et sa lumière s'assombrit d'orgueil et de supériorité.

H/ Mars en Vierge : son feu créatif s'exprime dans une action technique et efficace, il est l'ingénieur du zodiaque, celui qui trouve une solution au plus minutieux des problèmes. Il agit avec ordre, rigueur et prudence. Il est en quête d'une perfection jusque dans le moindre détail. C'est un Mars serviable qui se fait souvent passer en dernier. Sa santé peut lui jouer des tours.

11 - Jupiter, la bonne étoile

Jupiter en signes

Réponse A : Jupiter en Gémeaux : aime partager son savoir et ses expériences de vie, souvent au travers de l'écriture. Il peut aussi parfois se perdre ou se cacher derrière les mots. Balzac avait Jupiter en Gémeaux, tout comme J. K. Rowling.

Réponse B : Jupiter en Poissons : il y a chez le natif un fort esprit de solidarité, une compassion très grande à la souffrance du monde avec parfois le danger de se laisser envahir par le poids des problèmes et souffrances extérieurs. L'appel à se sentir unis aux autres est fort. L'expérience de rédemption et de l'individualité se fondrait aussi dans le tout.

Réponse C : Jupiter en Lion : le besoin du natif de briller est amplifié. Il y a sans doute aussi une envie d'exprimer ses talents artistiques ou créatifs. Il peut aussi être marqué par une fierté vis-à-vis de ses enfants, un besoin de démontrer au monde les talents de ses enfants ou leur réussite éducative.

Réponse D : Jupiter en Cancer : on retrouve parfois ce placement chez des individus descendants de grandes familles qui contribuent à perpétuer cette tradition ou chez des natifs pour qui l'image de la réussite familiale est très importante. Il est fréquent de voir l'individu adopter une attitude très protectrice et paternaliste au sein de son foyer. Il est intéressant de noter que l'on retrouve ce placement chez de nombreux présidents de la République.

Réponse E : Jupiter en Capricorne : l'ambition de l'individu est accentuée par ce placement, il doit veiller à utiliser son pouvoir d'une manière responsable. Il peut avoir tendance à avoir des ambitions démesurées. Il peut être un leader important ou marquer profondément la société.

Réponse F : Jupiter en Vierge : l'individu brille par ses capacités intellectuelles d'organisation, de rigueur et de dévouement. Il peut exister chez le natif un véritable besoin de servir sa communauté au travers des métiers du soin ou dans la gestion de l'administration publique.

Réponse G : Jupiter en Verseau : c'est un placement fréquent chez les militants des causes écologiques, liées au progrès social ou humanitaires. L'individu semble habité d'idéaux humains. L'ombre de ce placement est aussi de tomber dans le dogmatisme ou de se perdre totalement dans les idéaux d'un groupe.

Réponse H : Jupiter en Scorpion doit faire sortir de l'ombre les connaissances cachées en leur donnant, comme l'évoque Luc Bigé, « une aura de respectabilité ». Il devra alors trouver sa place en faisant accepter ces domaines dans la société. L'ombre de ce placement est quelqu'un qui est dans la manipulation, dans les jeux de pouvoirs et qui cherche à profiter des autres. Il peut être comme manipulé par des forces inconscientes.

12 - Saturne, vieux sage

Associez les plus grandes peurs de Saturne en fonction des signes

1. Scorpion. Saturne en Scorpion peut donner la sensation que cette immense énergie créative ou sexuelle peut déborder et nous contrôler. S'enclenche dès lors une lutte avec cette propre énergie pour la maîtriser et la canaliser, et Saturne invite à l'ordonner pour ne pas qu'elle déborde, sans pour autant la réprimer.

2. Verseau. Luc Bigé nous explique la profonde ambivalence de Saturne dans le signe du Verseau, entre avidité et renoncements. Saturne était le régent traditionnel du Verseau avant la découverte d'Uranus. En effet, il est traversé par son besoin d'être unique, d'être un loup solitaire imaginant pourtant dans son antre les solutions créatives pour construire une humanité.

3. Bélier. Saturne dans ce signe peut donner au natif la sensation qu'il doit réprimer ses élans spontanés, que ses désirs martiens peuvent l'amener à perdre le contrôle (chose qu'il redoute). Il doit apprendre à canaliser cette énergie dans la verticalisation pour pouvoir devenir une vraie force d'innovation et de proposition face aux structures existantes.

4. Poissons. On comprend la difficulté de Saturne en Poissons, la planète des limites dans le signe de l'océan cosmique où l'appel de la dissolution règne. Il devra répondre ici à l'exigence de Saturne à donner forme dans la matière à ces grandes images du monde invisible.

5. Gémeaux. Saturne représentant un principe d'ordre, on peut imaginer la difficulté pour une énergie Gémeaux dont les pensées arborescentes abondent et sont une quête d'informations souvent extérieure. Saturne initie à ordonner la pensée, à parler depuis une posture d'autorité et sans doute à réfléchir avant d'entrer dans une joute verbale.

6. Cancer. Peur de se séparer de son nid qui l'a vu naître, le natif va devoir trouver une solidité intérieure pour s'élancer dans la vie sans craindre la solitude, à laquelle il aspire parfois et qui l'effraie pourtant. Il va devoir bâtir les fondations de sa maison intérieure pour ensuite offrir cette stabilité à sa famille.

7. Vierge. Saturne vient renforcer les qualités du signe de la Vierge, son besoin d'organisation, de contrôle et de maîtrise. Dès lors, elle peut avoir peur de tout mouvement spontané, désorganisé ou chaotique. Dans sa lumière, l'individu peut développer des qualités de service au travers de la maîtrise d'une technique de soi, ou être très efficace dans le domaine dans lequel il œuvre.

Corrections

13 - L'appel des transpersonnels

Mots cachés

S	A	C	R	I	F	I	E	R	V	U	R	M	S	T
T	T	L	Q	K	C	Z	U	X	K	Y	I	I	E	I
R	X	X	P	R	R	E	N	I	C	Q	M	D	X	M
A	A	L	U	E	R	E	T	N	F	U	Y	E	U	A
N	A	M	P	D	E	S	V	C	R	A	Y	P	A	G
S	O	Y	O	E	N	B	N	O	Q	A	M	R	L	I
F	U	S	P	M	A	K	O	N	L	O	B	E	I	N
O	V	T	A	P	I	S	P	S	L	U	B	S	T	A
R	E	I	R	T	S	D	M	C	I	Z	T	S	E	T
M	R	C	D	I	S	E	N	I	B	I	A	I	E	I
A	T	I	O	O	A	H	Z	E	E	Q	N	O	O	O
T	U	S	N	N	N	N	I	N	R	T	J	N	G	N
I	R	M	N	J	C	E	Z	T	T	I	J	A	B	R
O	E	E	E	C	E	K	G	V	E	-	F	R	L	J
N	T	N	R	D	I	S	S	O	L	U	T	I	O	N

14 - Les astéroïdes féminins

Test : quel est votre archétype féminin dominant ?

Vous avez une majorité de mots A : vous avez une dominante Pallas Athéna.

Vous avez une majorité de mots B : vous avez une dominante Vesta

Vous avez une majorité de mots C : vous avez une dominante Cérès.

Vous avez une majorité de mots D : vous avez une dominante Junon.

Réactions émotionnelles de Junon

1. Junon en Cancer.
2. Junon en Bélier.
3. Junon en Balance.
4. Junon en Scorpion.

5. Junon en Lion.
6. Junon en Taureau.
7. Junon en Capricorne.
8. Junon en Gémeaux.
9. Junon en Vierge.
10. Junon en Verseau.
11. Junon en Poissons.
12. Junon en Sagittaire.

15 - Le mystère de Lilith

Test : avez-vous un archétype Lilith dominant ?

Une majorité de A : vous êtes clairement attiré par Lilith, je vous invite à regarder son placement dans votre thème.

Une majorité de B : vous êtes plus attiré par l'archétype lunaire de la Grande Déesse. Je vous invite à lire la partie sur l'astrologie des déesses, notamment Cérès, pour plus d'informations sur ses spécificités.

Mots cachés

L	N	M	T	M	S	O	K	N	V	G	M	E	Z
I	E	V	A	E	E	A	L	F	Z	S	J	V	C
L	P	X	P	R	L	M	T	Z	F	R	A	E	W
I	T	O	F	C	S	C	R	U	Y	O	N	S	X
T	U	A	U	U	Y	P	A	M	R	B	O	T	H
H	N	A	M	R	E	S	L	H	I	N	E	A	A
E	E	H	S	E	N	A	F	U	Y	H	E	G	F
I	C	P	A	L	L	A	S	A	T	H	E	N	A
I	E	S	O	L	E	I	L	D	V	O	I	I	D
K	R	V	E	P	R	Y	S	N	V	E	N	U	S
K	E	Y	D	S	B	J	U	P	I	T	E	R	E
L	S	R	V	H	J	U	N	O	N	O	N	J	Q
T	E	T	U	R	A	N	U	S	N	S	K	X	Y
L	G	K	L	U	N	E	O	I	H	P	F	H	V

17 - Les aspects planétaires, les voix de notre théâtre intérieur

Mots croisés

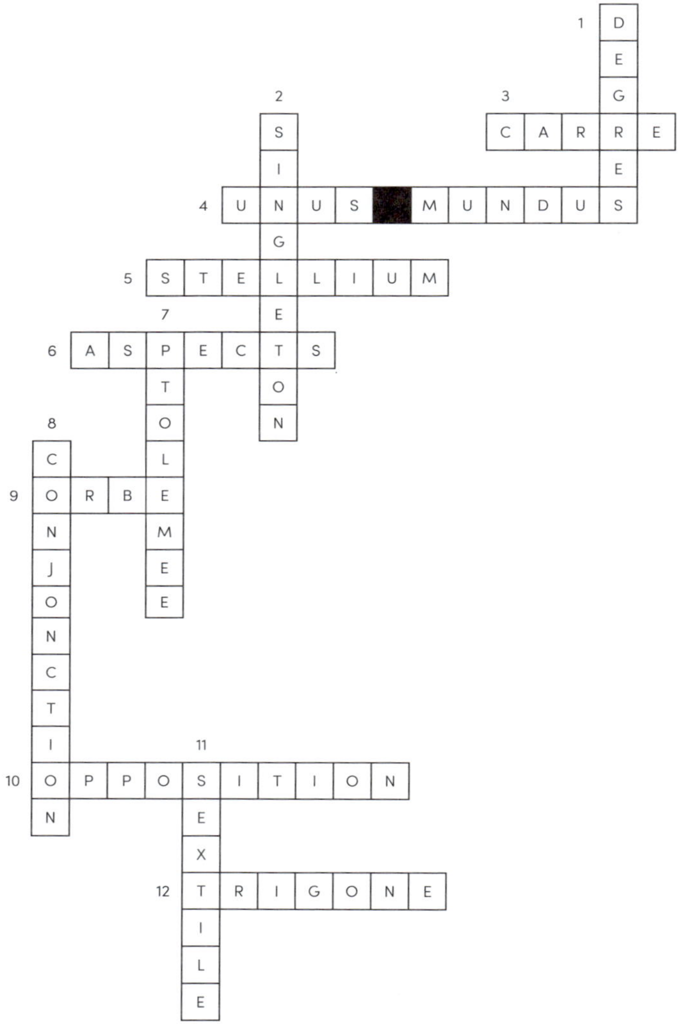

À propos de l'auteure

Caroline Moye est une femme passionnée. La mythologie, la lecture des oracles, les archétypes, la psychologie des profondeurs, la philosophie, la poésie et la manière dont chacun tisse un lien particulier avec la vie... rien ne lui résiste. Ce qu'elle aime par-dessus tout, c'est transmettre son goût très vif pour les étoiles et enseigner comment la lecture des alignements planétaires peut nous éclairer au quotidien et apporter des ébauches de réponses aux questions existentielles que l'on se pose.

Bibliographie

BIGÉ (Luc), *Planètes rétrogrades, terre intérieures*, Éditions de Janus, Paris, 2008.

______, *La Lune noire, un vertige d'absolu*, Éditions de Janus, Paris, 2004.

______, *Le Chœur des Planètes*, Éditions de Janus, Paris, 2007.

BLACKWOOD (Danielle), *Les 12 Visages de la Déesse*, Éditions Danaé, Balma, 2020.

CLARK (Brian), *Soul, Symbol and Imagination, The Artistry of Astrology*, AstroSynthesis, 2019.

DE GRAVELAINE (Joëlle), *Le Retour de Lilith*, Grancher, Paris, 2015.

EDEN SASSON (Gahl), *Cosmic Navigator*, Weiser Books, Newburyport, 2008.

GEORGE (Demetra), *Astrology and the Authentic Self*, Ibis Press, Paris, 2008.

______, *Asteroids Goddesses*, ACS Publications, Washington, 1986.

______, *Mysteries of the Dark Moon*, HarperOne, 1992.

GRANGER (Philippe), *La Lune noire et les destins de Vénus*, Éditions du Rocher, Monaco, 1998.

GREEN (Jeff), *Pluton, les métamorphoses nécessaires*, Éditions de Janus, Paris, 2006.

GREENE (Liz) & SASPORTAS (Howard), *Les Planètes intérieures*, Éditions du Rocher, Monaco, 1993.

IDEMON (Richard), *The Magic Thread*, The Wessex Astrologer, 2010.

LE GRICE (Keiron), *The Archetypal Cosmos*, Floris Books, Édimbourg, 2010.

NOBLE (Vicky), *La Femme shakti*, Éditions Véga, Paris, 1991

RUDHYAR (Dane), *L'Astrologie de la transformation*, Éditions du Rocher, Monaco, 1984.

SEDILLOT (Carole), *Jeu et Enjeu de la psyché*, Éditions Dervy, Paris, 2011.

Conférences Baglis TV

BIGÉ (Luc), « Les sept notes fondatrices des aspects »

BIGÉ (Luc), « Uranus, la sublime irrévérence »

CARPENTIER (Anne Marie), HEROLT PETIPAS (Sophie) et LUSTIG (Didier), « Lilith sorcière ou initiatrice ? »

Crédits iconographiques :

Les **illustrations** de cet ouvrage ont été réalisées par **Stéphanie Gras**, à l'exception des suivantes :

Page de titre : iStock/Marje (fond aquarelle), iStock/Anna_zabella (panneau en bois), iStock/aleksandarvelasevic (végétation), iStock/JDawnInk (feuilles).

Toutes les pages de leçons-chapitres : iStock/Marje (fond aquarelle), iStock/Stefan_Alfonso (mouette), iStock/Gastonbolivario (coquillage), iStock/Ceneri (avion).

Toutes les pages d'exercices : iStock/Marje (fond aquarelle), iStock/aleksandarvelasevic (mouettes), iStock/Gastonbolivario (coquillage), iStock/kbeis (feuilles).

Toutes les pages corrections : iStock/Marje (fond aquarelle), iStock/Gastonbolivario (coquillage).

Toutes les pages annexes : iStock/Marje (fond aquarelle), iStock/S-E-R-G-O (planche de surf, panneau, cordes et feuilles), iStock/Stefan_Alfonso (mouette), iStock/Gastonbolivario (coquillage), iStock/pijama61 (végétation), iStock/Anna Erastova (effets traces) iStock/SirVectorr (coquille spirale).

4e couverture : iStock/S-E-R-G-O (panneau et cordes), iStock/Iana Kotova (motif feuilles).

Dans la même collection

Broché 17 x 24 – Illustrations couleurs – 6,95 €

La numérologie de Denis Schneider

Tout le monde connaît son signe astrologique, mais savez-vous tout de votre chemin de vie ? Venez explorer le côté semi-obscur ou clair-obscur des nombres premiers ! Armé de ce cahier – et d'une calculatrice –, balayez vos *a priori* et partez à la découverte des mystères que recèle la numérologie.

La lithothérapie d'Amandine Forestier

Profondeur des couleurs, formes, propriétés et même pouvoirs, les cristaux renferment bien plus de secrets qu'on pourrait le penser ! Munissez-vous d'un stylo et consolidez vos acquis tout en vous amusant ! Que la puissance des pierres soit avec vous !

Le tarot de Lilith Tarot

Approfondissez, avec humour et légèreté, certaines notions qui, bien que sortant de l'ordinaire, peuvent radicalement changer votre interprétation du tarot. Amis débutants, pas de panique, quelques révisions vous permettront de prendre le train de la créativité et du développement personnel en marche…

Les runes de Lyra Ceoltóir

Cet ancien alphabet magique et sacré des peuples germano-scandinaves est aussi (et surtout !) une source de pouvoir inestimable et un efficace outil de divination… lorsque l'on sait interpréter et exploiter leurs messages ! Apprenez à déchiffrer les runes à travers des quiz et des jeux.

À moi le bonheur de Chloé Bonfill

Ce cahier ne vous propose pas de trouver LE bonheur, mais VOTRE bonheur, celui qui vous ressemble. La pleine conscience, l'amour, les besoins, les célébrations, l'audace : chaque chapitre explore un des nombreux ingrédients du bien-être afin que vous puissiez y goûter dès maintenant.

Jeux de l'été (collectif)

Ce cahier unique en son genre, et dont le dessein n'est autre que de vous divertir entre deux pauses farniente, vous invite à tester et approfondir vos connaissances en matière d'astrologie, de numérologie, de magie, de divination, de runes, de médiumnité… Boostez votre savoir… tout en vous amusant !

Dans la même collection

Broché 17 x 24 – Illustrations couleurs – 6,95 €

L'intuition de Johanna Hani

Profitez des beaux jours et des ondes positives qui en découlent pour apprendre à repérer les signes et à faire confiance à cette petite voix que vous vous efforcez si souvent de faire taire. Grâce à ce cahier, finissez-en avec les idées reçues sur l'intuition et apprenez à dépasser vos blocages

Féminin sacré d'Emma Grillet

À travers des jeux et des exercices ludiques, retrouvez votre puissance de femme, menez des actions concrètes pour accomplir vos envies, accepter vos erreurs, exprimer qui vous êtes, développer votre créativité, écouter votre corps, le chérir, le respecter, et faire des autres femmes des alliées au quotidien.

Booster sa spiritualité de Leona Reading

Ce cahier vous accompagne dans un cheminement sincère et authentique afin que vous puissiez vous connecter à vous-même, aux énergies et à l'Univers pour créer une vie qui vous fait vibrer. Une mise en pratique fun, ludique mais surtout utile. Vivez enfin une spiritualité heureuse au quotidien !